조용헌의

백가기행

百家紀行

2

*design*house

목차

006 **서문**

010 **통영 앞바다 휴석재**
인생이 지치고 허기질 때 바다로 가라

026 **가회동 심심헌**
마음을 되찾는 집

046 **지리산 자연가**
청산은 아무 말이 없는데 꽃은 피어 웃고

060 **옥정호의 조어대**
선가의 풍류가 가득한 집

076 **한옥 찻집 하루**
호숫가 한옥 찻집에서 인생을 생각한다

094 **문경의 운달산방**
깊은 산속 운무가 피어오르는 다실

108 **광주 보한재**
귀한 차가 사람을 부른다

124 **통의동 목련원**
건축가는 자신이 사는 집으로 자신의 공력을 보여준다

142   **김영택 화백의 작업실**
        내시경으로 본 화가의 방

156   **통영 고은재**
        미륵산 자락에 음악회 열린 날

172   **부암동 꼭대기 집**
        바위 기운이 가득한 터에서 바라보는 황홀한 전망

188   **당진 인씨 고택**
        한중 해양 교류사에 중요한 흔적을 남긴 집

206   **고창 인촌 김성수 고택**
        남과 다른 길이 최고의 명당을 만든다

224   **여수 봉소당**
        오늘날까지 이어지는 가문의 영광

240   **전주 강암 고택 아석재**
        물과 돌 곁에서 유연하고 단단하게 살리라

256   **구례 운조루**
        겉옷은 허름하지만 아름다운 속살을 간직하고 있는 집

278   **조용헌에게 듣는 좋은 집 이야기**

동양의 고전들을 보면 서문에 핵심이 요약되어 있다. 제일 첫
마디에 하고 싶은 말의 요점을 내 놓는 것이 전통이다. 《논어》의 '학이시습
지불역열호(學而時習之不亦說乎)'가 그렇고, 《도덕경》의 '도가도비상도(道
可道非常道)'가 그렇다. 속이 깊고 엉큼한 사람은 맨 뒤에다가 하고 싶은
말을 배치하지만, 성질 급한 사람은 맨 앞에 놓는다. 그래서 먼저 술값내고
손해도 보지만, 담백해서 좋다. 우리는 담백한 것이 좋다.

서문에서 내가 하고 싶은 말의 요지는 '한국 사람은 집이 없
다'이다. 집이라는 것은 쉴 수 있는 공간이어야 하는데, 한국의 집은 쉴 수
없는 공간이 대부분이다. '아파트'가 그 증거다. 국민의 60%가 아파트에서
산다. 아파트에 무슨 쉼이 있는가? 아파트에서 살아보니 삶이 그렇게 행복
하던가? 이렇게 단언하는 나도 아파트에서 산다. "누구는 살고 싶어서 사
나? 어쩔 수 없으니까 살지." "어쩔 수 없기는, 눈을 돌리고 생각을 바꾸면
아파트에서 나갈 수 있다. 30~40년 아파트에서 살았으면 충분히 살만큼
살았다. 이제 나갈 때도 되었다. 더 이상 미루다간 인생 끝나고 만다. 삶이
라는 것이 긴 시간이 아니다. 지금 하고 싶은 것을 못하면 늙고 병들어서

끝난다.”

　　　　건축학자들은 ‘공간이 생각을 지배할 수 있다’는 명제를 이야기한다. 어떤 공간에 사느냐에 따라 그 공간에 맞는 사고를 하게 된다는 논리다. 일리 있는 말이다. 감옥에서 하는 생각과, 절(寺)에서 하는 생각, 병원에서 하는 생각, 법정에서 하는 생각이 각기 다르지 않은가. 아파트에서 살면 답답하고 우울해지는 것 같다. 한국 사람의 삶이 이렇게 팍팍하고, 서로 잡아먹지 못해 지지고 볶는 것도 주거 공간이 너무 획일화 되어 있어서 생기는 부분도 있다. 공간을 다양화 할 때가 되었다. 그래야 사고의 여유가 생긴다. 자연과 가까이 있는 공간으로 이동해야 한다. 자기가 살고 싶은 집에서 한 번 살아보고 인생을 마감해야 후회가 없다. 아파트에서 살면 중년부터 찾아오는 ‘생로병사’의 우울증을 벗어나기 힘들다. ‘춘하추동’의 변화를 눈으로 보고 피부로 실감하고, 그 변화를 코로 들이마실 수 있는 자연으로 돌아가야 생로병사를 받아들일 수 있다. 먹고 사는 문제 때문에 자연으로 갈 수 없다면 ‘4도(都) 3촌(村)’이라도 해야 한다. 4일은 도시, 3일은 촌. 그것도 배부른 소리라고 하면 할 말은 없다.

　　　　어떤 집이 좋은 집인가? 어떤 집이 나의 조건과 맞는 집인가? 실내 인테리어는 어떻게 하는가? 아울러 명택(名宅)의 조건은 무엇인가? 집의 터를 어떻게 보아야 하는가? 명당의 조건은 무엇인가? 동학농민운동과 한국전쟁 같은 난리를 겪으면서도 집과 집안을 오랫동안 유지했던 명문가들은 어떤 철학을 가졌는가? 어떤 노블레스 오블리주를 실천했는가? 등의 문제의식을 가지고 이 글을 썼다. 집이 가지고 있는 하드웨어와 소프트웨어를 종합적으로 다뤄보려고 했다.

제일 첫머리에 소개하는 통영의 '휴석재(鵂石齋)'는 40대 후반의 남자가 혼자만의 힘으로 지은 집이다. 먹고 산다고 발버둥 치며 살다 보니 40대 초반에 암 선고를 받았고, 암 선고를 받고 보니 내가 그동안 살았던 삶이 헛살았다는 회한(悔恨)이 밀려 왔다. 내가 살고 싶은 데로 가서 한번 살아보자. 그렇게 해서 택한 첫 번째 방법이 내 취향에 맞는 집을 짓는 일이었다. 부인으로부터 10년 휴가를 허락받고 통영의 한적한 바닷가 옆에 직접 집을 짓기 시작했다. 바다가 보이는 예쁘고 아늑한 집말이다. 그 집을 서서히 짓는 과정에서 암은 호전되기 시작했다. 휴석재는 한 중년남자가 밀물처럼 밀려오는 삶의 서글픔을 스스로 달래면서 지은 집이다. 말하자면 치유의 집이었던 것이다.

전북 고창에는 인촌 김성수의 집이 있다. 호남의 대지주가 살았던 집은 어떻게 생겼는가. 이 집은 줄포만(茁浦彎)을 바라보는 북향집이라는 특징이 있다. 북향집도 명당에 들어간다는 사례를 인촌고택이 보여주고 있다. 지리산 산속 깊은 곳에 지은 자연가(自然家)도 볼 만하다. 도시는 체질이 맞지 않아 살 수 없었던 남자가 지은 집이다. 멧돼지가 출몰하고, 주변에 약초가 널려 있는 산속에 사는 사람이 지은 집은 어떤가? 무엇이 좋고, 무엇이 불편한가. 과연 산속에서 삶을 유지할 수 있는가? 상처받은 도시의 사람들이 이 집에 들러 위로를 받고 간다. 약초도 삶아 먹고, 지리산을 헤매고 다니는 과정에서 병이 낫는다고 한다.

구례의 운조루(雲鳥樓)를 방문해서는 어떻게 그 난리통에 불타지 않고 집이 남아 있는가를 탐구했다. 타인능해(他人能解)라는 뒤주가 그 비밀이었다. '다른 사람도 능히 열 수 있다'는 글씨를 새겨 놓은 이 쌀뒤주가 여순반란사건과 한국전쟁 당시 빨치산들로부터 이 집을 보호해준 부적 역할을 했다. 예로부터 '밥 퍼줘서 망한 집 없다'는 말이 있는데, 이 운조루는 그 후했던 인심을 전형적으로 보여주는 명문 고택이다. 아울러 풍수에서 말하는 명당조건이 어떤 것인가도 부수적으로 공부해 볼 만한 집이다.

전주 근처의 조어대(釣魚臺)와 전통차를 파는 '하루'는 호수 주변에 자리 잡은 집이다. 호수 주변에 사는 호사가 무엇인지를 보여주는 집이다. 사계절마다 모두 호수 주변의 풍경이 변하고, 이 풍광이 변할 때마다 이를 바라보는 사람도 삶의 깊이가 생긴다. 자연을 일대일로 접하면서 자기도 모르게 생로병사를 받아들이는 연습을 하는 셈이다. 전주에 가거들랑 이런 집도 한번 구경해 볼 것을 권한다. 이 책 중에는 서민이 쉽게 접근할 수 없는 부잣집과 고택도 있지만, 공부삼아 이런 집들도 볼 필요가 있다고 생각한다. 일단 좋은 집을 많이 보고, 거기에서 자기 수준에 맞는 어떤 부분들을 끄집어내어 자기 것으로 소화하면 되는 것이다. 각자의 집이 지닌 개성과 장점들을 뽑아내서 볼 줄 아는 안목을 키우는데 도움이 될 것이다.

잡지 <행복이가득한집>에 3년간 연재했던 칼럼 '백가기행'에서 풀어 놓은 집 이야기에는 내가 그동안 배우고, 둘러보고, 고수들과 토론을 통해 얻은 여러 가지 관점들이 투영되어 있다. 이 글이 '집이란 무엇인가?'에 대한 해답을 얻을 수 있는 나름대로의 참고문헌이 되었으면 좋겠다. '위로와 휴식은 집안에 있다'는 가내구원(家內救援)의 메시지가 전달되었으면 하는 바람이다. 아울러 이 글이 '나도 집을 지어보자'라는 용기를 갖게 하고, '자신이 갖고 싶은 집'을 정의하는데 필요한 정보가 되어주었으면 한다.

인생이 지치고 허기질 때 바다로 가라

통영 앞바다 휴석재

통영시 산양읍 신전리 호수 같은 한산 앞바다. 손을 뻗으면 바다가 지척인 이곳에 한가롭게 집을 짓고 야생화를 가꾸며 사는 이가 있다. 손으로 집을 짓고, 꽃을 심고, 고기를 낚고 요리를 하며 '존재의 쾌감'을 느낀다는 이상희 씨가 그 주인공이다.

눈앞에 한산도 앞바다가 펼쳐지는 '휴석재'. 몸이 아팠던 집주인 이상희 씨가 10년간 휴가 받아 손수 지은 집이다.

시대가 아무리 변하고, 기계문명이 아무리 발전해도 변하지 않는 것이 있다. 그것은 '생로병사(生老病死)'다. 생로병사는 아무리 세월이 흘러도 변하지 않는 불변의 진리다. 문명의 발달은 생로병사에 포장지만 바꾼 것이다. 생(生)은 나도 모르게 어머니 배속에서 나왔지만 그다음에 기다리는 코스인 노병사(老病死)는 그저 두려울 뿐이다. 저 고개를 어떻게 넘어가나 하는 걱정이 생긴다. 특히 병(病)이 그렇다. 지극한 고통이다. 저녁에 이부자리 펴놓고 자다가 아침이 오기 전에 저세상으로 가버리는 청복(淸福)은 없는가! 살다가 큰 병인 암(癌)이 오면 그다음에 어떤 행보를 보여야 한단 말인가? 통영시 산양읍 신전리 부엉이 바위 밑에 있는 휴석재(鵂石齋)는 암 선고를 받은 40대 중반의 남자가 지은 집이다. 휴는 부엉이 '휴(鵂)' 자이다. 그야말로 죽기 전에 한 번 짓고 싶었던 집, 살고 싶었던 집을 지어볼 생각이었다.

집주인인 이상희 씨는 1964년 용띠이다. "어쩌다가 암에 걸렸는가" "사업이 복잡해지면서 스트레스를 너무 많이 받았다. 43세에 위암 선고를 받았다. 집사람이 당신 살고 싶은 대로 한번 살아보라고 10년 휴가를 주었다. 자신이 생계를 책임질 테니까 10년 휴가를 떠나보아라, 이렇게 해서 바닷가에 터를 잡고 5년째 조그만 집을 짓기 시작했다. 집사람 잘 만나서 아직 죽지 않고 5년째 살고 있다. 여기 오지 않고 사업 문제와 돈 문제로 골몰했으면 벌써 죽었을 것이다. 처와 딸 둘은 통영 시내에서 산다."

집 뒤쪽에는 자그마한 텃밭이 있다. 집주인 이상희 씨는 이곳 동산에서 자신이 먹을 채소를 자급자족한다.
야생화를 가꾸고 젓갈을 담그며 존재의 가치를 찾았다.

육지가 끝나는 곳, 바다가 시작된다

산양읍 신전리는 조그만 어촌이다. 가구 수도 20가구 미만이다. 휴석재 마당에서는 바다가 곧바로 보인다. 이 바다는 한산도 앞바다이다. 태풍 불 때 빼고는 풍랑이 없을 것처럼 조용하고 평화롭게 보이는 바다이다. 호수 같은 바다라고나 할까. 고깃배가 다니고 흰 바다 갈매기가 날아다니고, 염기가 있는데도 호수의 정서를 지닌 바다가 한산 앞바다이다. 장점만 모여 있고 단점은 빠진 바다임이 분명하다. 이런 시섬에 이상희 씨는 혼자서 집을 지었다. 스트레스를 받으면 푸는 방법 가운데 하나가 비범한 장소로 거처를 옮기는 것이다. 산과 바다가 그곳이다. 숲으로 둘러싸인 깊은 산으로 가는 사람이 있고, 바다 옆으로 가는 사람이 있다. 머리가 복잡하고 열이 올라서 스트레스를 받은 사람은 산보다 바다가 낫지 않나 싶다. 물론 체질과 취향에 따라 다르겠지만 일단 바다를 먼저 보면 열이 식는다. 눈으로는 한없이 펼쳐진 바다를 보고, 파도 소리를 듣고, 소금기 머금은 해풍에 머리를 식히는 것이 좋다. 이런 점에서 보면 배를 타고 가야 하는 섬이 좋다. 섬에 간다는 것은 고립된 지역으로 가는 셈이다. 배를 타고 물을 건너다보면 자신을 괴롭히는 생각의 일정 부분은 털어내게 된다. 바닷물로 둘러싸인 섬에 오면 고립감을 느끼는데, 이 고립감이 생각을 끊어주는 효과를 발휘한다.

"처음 이 집을 짓기 시작하면서 어떤 생각을 했나?" "자연을 닮고 싶었다. 자연스럽게 살지 못해서 병이 들었다는 반성을 뼈저리게 했다. 집도 자연을 닮고 나도 자연을 닮은 남자가 되고 싶었다. 집에 있는 음식 담는 그릇도 내가 직접 만든다. 손으로 흙을 빚어 아는 분의 가마에 가지고

창문 너머 바로 바다가 보인다. 거실 차탁 앞에 앉았을 때 정면으로 바라보면 산의 능선이 보이도록 창문 높이를 조절했다.

가서 굽는다. 화분에 있는 꽃도 야생화가 많다. '야생분경'도 모두 내가 직접 만든 것이다. 시간만 나면 집 뒤의 산에 올라가서 나무와 꽃과 약초와 야생화를 관찰한다. 이 집도 지은 지 5년 됐다. 하지만 다 끝난 게 아니다. 아직도 계속해서 천천히 짓고 있는 중이다. 천천히 짓는 것이 자연스럽다고 생각해서이다. 물론 나 혼자 짓고 있다. 시간 날 때마다 굴뚝 벽돌도 한 장씩 쌓아 올리고, 아궁이의 흙도 바르고, 실내 인테리어도 하나씩 가다듬는다. 집 안의 목제 기구, 기둥, 서까래, 여러 장식품도 모두 직접 만든 것이다. 손으로 만들 수 있는 모든 생활용품은 내 손으로 직접 하나씩 작업하고 있다. 직접 만든다는 것이 엄청난 생활의 충실감을 주기 때문이다. 손으로 무언가를 만든다는 것은 존재의 쾌감이다."

그의 말을 듣다 보니 요즘 흔한 우울증은 인간이 손을 쓰지 않아서 생기는 병이 아닌가 하는 생각이 들었다. 손을 쓰면 생각이 손으로 간다. 손으로 간다는 것은 근심 걱정을 머리에서 손으로 잠시 이동시키는 작용을 한다. 잠시라도 근심을 이동시킬 수 있다는 것이 어디인가! 손이 주는 공덕이라 아니할 수 없다.

손으로 하는 것 중에는 요리가 있다. 휴석재 주인 이상희 씨는 요리에 조예가 깊다. 한번은 바다에서 채취한 파래로 만든 '파래전'을 먹어보았는데, 어디에서도 맛보지 못한 독특한 풍미였다. 바로 집 앞의 바다에서 채취한 파래였다. 그 맛을 보고 만파식미(萬波息味)라는 단어가 떠올랐다. 《삼국유사》에 보면 만파식적(萬波息笛)이라는 피리가 나온다. 이 피리를 불면 바다의 파도가 잠잠해진다고 해서 붙은 이름이다. 이 음식 맛을 보면 만 가지 파도가 잠잠해질 것 같다. 그래서 '만파식미'이다. 맛있는 요리를 먹

이상희 씨는 집 앞에 펼쳐진 바다를 보고, 파도 소리를 듣고 해풍을 맞으며, 머리를 식힌다.

으면 바다의 용왕도 흡족한 생각이 들어서 파도를 잠재워줄 것 아닌가.

불평불만이 많은 사람은 맛있는 음식을 먹으면 조용해진다. 일단 까다로운 상대는 미식(美食)을 두고 이야기를 시작해야 한다. 만약 미식을 먹고 나서도 여전히 까다로운 사람이라면 상대할 필요가 없다. 천출(賤出)이 분명하다. 천출은 구제 불능이다. 피하는 것이 상책이다. 요리에서도 그는 '자연'을 강조한다. 병이 들어본 사람의 철학인 것이다.

살아 있는 바다에서 주식동원(住食同源)

"어떤 음식에 관심이 많은가?" "예를 들면 젓갈류이다. 젓갈은 3년 묵은 소금으로 담가야만 제 맛이 난다. 그 3년 동안 간수가 빠지는 것이다. 간수가 빠지지 않은 소금을 쓰면 제 맛이 안 난다. 간수가 빠진다는 것은 독성이 빠진다는 말이다. 인간도 이처럼 세월의 발효가 있어야만 독성이 빠진다. 멸치젓, 갈치젓, 호래기젓갈을 담근다. 해풍이 어느 정도 있어야만 맛이 든다. 그리고 공기도 좋아야 한다. 매연이 많으면 맛이 떨어진다. 휴석재 뒤에는 산이 있다. 숲에서 좋은 에너지가 나온다. 이런 조건이 맞아떨어지면 음식과 젓갈에 맛이 들어간다."

"멸치젓은 어떻게 담그는가?" "멸치젓도 봄에 담그는 봄 젓이 있다. 이것을 '봄멸'이라고 부른다. 그다음에는 가을 젓을 담근다. 통영산 멸치를 사용한다. 이 멸치도 재료가 중요하다. 먼 바다에서 그물로 잡은 멸치는 맛이 떨어진다. 스트레스를 받은 멸치라는 말이다. 통영 앞바다에서 미리 그물을 쳐놓고 있다가 걸린 멸치로 젓을 담가야 맛이 좋다. 쳐놓은 그물에 들어와 잡힌 멸치는 스트레스를 덜 받기 마련이다. 정치망으로 잡은 멸치

옆 펜션으로 잠시 입양 보낸 '사랑이'. 목줄을 풀어놓으면 어느새 휴석재 앞마당까지 달려와 친구와 뛰어논다.

가 바로 이것이다."

　　　"젓갈은 냉장고가 나오기 전에는 부자들이 먹는 음식이었다. 여름에 상하지 않는 음식이었기 때문이다. 만석꾼 집의 여름 밥상에는 젓갈이 10가지 이상 나왔다고 한다. 여름 입맛 돋우는 데는 젓갈이 최고였던 것이다. 다른 음식은 여름에 상한다. 서남해안을 따라서 여러 가지 젓갈이 있다. 기왕 이야기가 나온 김에 갈치젓은 어떤가?" "갈치는 살젓이 좋다. 3년 묵힌 소금을 넣고 대형 항아리에다 담근다 대형 항아리는 발효가 잘된다는 특징이 있다. 갈치는 역시 통영 갈치가 맛있다. 갈치를 다듬을 때 입과 꼬리는 떼어낸다. 그다음에는 몸통과 내장을 통째로 항아리에 넣는다. 그리고 15일 정도 숙성을 시킨다. 15일쯤에 일부는 꺼내서 먹을 수 있다. 살을 떼어서 먹고 나머지 부위는 3개월 정도 더 삭힌다. 갈치젓을 담글 때 비결 중의 하나가 제피를 넣는 것이다. 비린내와 독성을 잡아준다."

　　　산초와 비슷한 제피는 독특한 향을 풍기는 향신료로 구충 효과가 있다고 한다. 고대의 대가야 문화권에서는 음식에 제피를 넣어 먹는 습관이 있다. 대가야 문화권이라고 하면 김해에서부터 통영, 진주, 산청 그리고 남원, 구례, 순천까지 포함한 지역이다. 이 지역은 김치를 담글 때나 추어탕을 끓일 때 제피를 넣는다. 그러면 비린내가 사라지면서 독특한 향이 입맛을 돋운다. 전남 순천 쪽은 '젠피'라고 발음하고 통영 쪽은 '제피'라고 발음한다. 고려시대에 수도였던 개성 사람들은 산초라는 말만 들어도 침을 흘렸다고 전해진다. 그만큼 산초의 맛을 알았던 것이다. 개성은 예성강을 통하여 중국과 교역이 많았던 물류 도시였다. 이국의 취향이 바로 산초였던 것이다. 남부 지역에는 산초 대신 제피였다.

향토 음식 연구가인 그는 얼마 전 산지에서 구한 생멸치로 멸치젓을 담갔다.

휴석재 주인은 장아찌도 잘 만든다. 산에서 채취한 제피잎과 가시오가피잎, 그리고 은개두릅으로 장아찌를 만든다. 들에서 채취한 깻잎, 고추, 가지로도 만든다. 바다에서 채취한 톳, 파래, 모자반 등을 이용해 역시 장아찌를 만든다. 바다에서는 직접 해초를 채취하고, 땅에는 채소를 심고, 산밭에서는 약초를 채취한다. 이걸 모두 음식으로 만드는 것이다. 손재주가 좋아서 못하는 게 없다. 손재주 없는 나는 병이 들어 버리면 어떻게 한단 말인가! 음식도 못하고 손재주도 없으니 그대로 죽는 수밖에 없단 말인가.

집 이야기를 하면서 음식 이야기를 많이 하는 이유는 집과 음식이 같은 쳇바퀴로 돌아가는 탓이다. 식(食)과 주(住)는 동원(同源)이다. 좋은 집에 음식이 없으면 궁합이 안 맞는다. 더군다나 삶의 의욕은 먹고 싶은 식욕에서 나온다. 살기 싫어질수록 입맛을 돋우는 작업을 해야 한다. 자꾸 먹는 이야기를 해야 하는 것이다. 혀의 장점은 이데올로기 논쟁이 필요 없다는 점이다. 맛은 누구나 똑같이 공통적으로 느끼기 때문이다.

휴석재에서 하룻밤을 잤더니 창밖의 한산바다 풍경이 몽환적으로 다가온다. 태고 시절의 그 어슴푸레한 풍경 속에 내가 들어와 있다. 바다 속에 내가 떠 있다니! 집주인은 아침 일출이 올 때는 카메라를 꺼내 들고 태양을 겨냥해 찍는다. 바다 위의 일출은 언제나 삶의 의욕을 북돋워 준다. 일출을 찍을 때마다 마음이 설렌다. 밤에 달이 뜨는 시점에는 술을 마신다. 인근의 선배가 석곡(石蘭)의 꽃을 따서 담근 난주(蘭酒)를 한 모금만 마신다. 석란과 오미자, 그리고 솔잎과 매실을 넣어서 우린 난주는 가히 신선의 향취를 지니고 있다. 석란은 통영, 고성, 거제, 남해 일대의 바닷가 바위 절벽에서 자생하는 난이므로 다른 지역에서는 서식하지 않는다. 이 석란으로 만

'바다로 가는 길'이라는 글귀와 바다가 하나의 프레임으로 보인다. 휴석재, 바다로 가는 길 등 모든 현판은 직접 깎아 만들었다.

든 술을 먹어야만 휴석재의 밤바다를 제대로 감상할 수 있다. 이국의 향취가 풍기는 신선의 술로, 신선 같은 풍경을 보아야 이 세상 살고 간 것이 아니겠는가!

　　　　가장 압권은 한산바다에 해무가 가득 차 있을 때이다. 오직 안개뿐이다. 바다인지 육지인지, 천상계인지 분간이 가지 않는다. 이때는 존재를 잊어버려야 한다. 그야말로 몽유해원도(夢遊海園圖)가 연출된다. 이 풍경을 보고 사는데 어찌 병이 낫지 않겠는가. 10년 휴가를 받은 중년 남자의 로망이 서린 집이 바로 부엉이 바위 밑의 '휴석재'이다.

마음을 되찾는 집

가
회
동
심
심
헌

심심헌(尋心軒)의 누마루에 앉아 창문을 열면 주변 한옥의 기와지붕이 눈에 들
어온다. 기능적이지만 왠지 비정하게 느껴지는 콘크리트 유리 창문과는 다르다.
도심 한복판에 있지만 도시가 아니고, 앉아서 새소리만 들어도 갈라진 마음이
치유되는 경험. 시시각각 빛의 색이 바뀌고 바람이 드나드는 이 집에서라면 가능
하다.

심심헌은 서울 북촌한옥마을의 '둘러보는 집'을 시범 운영하고 있다. 대문을 열면 단정하게 자리 잡은 소나무 옆에 기운차게 솟아 있는 누마루를 만난다.

한옥은 2000년대에 들어와 거듭났다. 말이 그렇지, 거듭나기가 그리 쉽던가? 피, 땀, 눈물이라는 세 가지 액체를 바가지로 흘려야만 거듭난다. 그러나 일단 거듭나면 한 꺼풀 벗게 마련이다. 구질구질한 것도 없어지고, 탁 트인 안목도 생기고, 어지간한 까탈을 포용할 수 있는 글로벌한 관용이 생긴다. 한옥도 마찬가지다. 불편하고, 시대에 뒤떨어진 구질구질한 집이라는 인식을 확 벗어 던졌다. 이렇게 거듭나기까지는 해방 이후 약 60년이라는 긴 세월을 수업료로 지불해야만 했다. 서울 가회동의 한옥들은 한국 문화사에서 피, 땀, 눈물을 흘리고 거듭난 한옥이라고 해야 맞다. 오래된 등기부 등본을 보면 가회동은 조선 왕조가 망한 뒤인 1913년부터 1920년 무렵, 집장수들이 66~132제곱미터(20~40평) 규모의 작은 주택들로 분양한 기록이 나온다.

해방 이후로는 고만고만한 집들로 이루어진 한옥 단지로 이어져 오다 IMF 외환위기를 만났다. 2000년 무렵부터 몇 사람의 '한옥 아낌이'들이 구옥(舊屋)을 사서 고생 끝에 '거듭난 한옥' 짓기에 들어갔다. 이화여자대학교 김홍남 교수(전 국립박물관 관장), 성북동 가구박물관 관장 정미숙 씨 그리고 조주립 씨가 멤버로 구축됐다. 남자가 아니고 여자가 새로운 한옥을 짓기 시작했다는 점이 주목할 만하다. 여자들이 살림을 하다 보니 남자보다 집 내부의 세세한 점에 대해서는 많이 알 수밖에 없다. 이 세 사람은 모두 외국에서 상당 기간 공부도 하고 거주도 해본 터라 한국적인 것의 어떤 부분이 아름답고, 어떤 부분을 고치면 글로벌 미학에 도달할 수 있는지 감을 잡은 것 같다. 외국에 나가서 오래 생활하다 보면 두 가지 태도로 나뉜다. 우선 무조건 서양 것이 좋고 한국 것은 열등하며 천하게 보는 태도가 있

가회동 31번지의 심심헌(02-763-3393). 'ㄱ자' 한옥에 행랑채가 더해져 결과적으로 'ㄷ자'형 한옥의 모습을 하고 있다.
대청마루의 '열어 들개문'을 올리니 아담한 마당을 감싸는 ㄷ자형 한옥이 펼쳐진다.

누마루 한쪽에 고이 놓인 찻상. 이곳은 담장 너머 기와지붕을 감상할 수 있는 뷰포인트다.

다. 종서주의(從西主義) 태도라 하겠다. 또 다른 태도는 '내가 내놓을 만한 것은 무엇인가'하고 끊임없이 고민하는 유형이다. 정체성에 대한 고민인 것이다. 오랫동안 묵혀온 자기 것을 보여주는 것이 미학의 완성이다. 주로 자존심 강한 사람이 이런 고민을 한다. 서양의 좋은 점과 우리의 좋은 점을 융합하는 태도, 즉 동골서육(東骨西肉)이 가장 바람직하다. 동양의 골격에다가 서양의 살을 접합한다는 말이다. 이 두 번째 유형이 한국에 돌아와 새로운 문화를 창조하고 있다. 가회동의 '한옥 아낌이'가 바로 이 유형이다.

불편한 점을 개선한 모던 한옥

북촌의 한옥 풍광을 대표하는 거리는 가회동 31번지다. 이 31번지가 왜 대표인가? 전봇대가 없기 때문이다. 전깃줄을 지하로 묻어 깔끔하고 탁 트인 골목길 풍경을 선사하는 거리가 바로 31번지다. 전봇대를 없애는 데 큰 역할을 한 이가 바로 조주립 씨다. 2004년 완공한 그의 한옥 심심헌(尋心軒)은 그 골목길 중간쯤에 자리 잡고 있다. 31번지에서 가장 볼만한 집인 데다가 한국내셔널트러스트와 협력해 외부인이 볼 수 있도록 개방한 집이기도 하다. 북촌을 찾는 외국인의 입장에서 볼 때 박물관이 아닌, 사람이 살고 있는 제대로 된 한옥을 본다는 것은 상당히 흥분되는 일이다.

그렇다면 심심헌은 어떤 점이 볼만한가? 우선 실내가 따뜻하다. 한옥은 기본적으로 여름 집에 해당한다. 여름에 좋다. 시원하고, 실내가 나무로 되어 있어 맨살에 닿는 촉감이 부드럽고, 인간적으로 느껴지는 집이다. 그러나 겨울에는 춥다. 문이 많고, 문틈 사이가 벌어져 있어 외풍이 많이 들어온다. 더군다나 마룻바닥은 차다. 겨울에 신발 벗고 양말만 신은 채

창밖의 대나무, 비취색 타일이 싱그러운 느낌을 전한다.

재래 한옥의 마룻바닥에 서 있는 것은 상당한 인내를 요하는 일이다. 그러나 이 집은 추위 문제를 해결했다. 실내에 들어가니 그리 춥다는 느낌이 들지 않는다. 바닥에 가스보일러의 열선이 들어가서 따뜻하다. 누마루에도 바닥에 열선을 깔고 그 위에다 다시 얇은 철판을 깔았다. 한번 가열되면 엉덩이가 뜨끈뜨끈해진다. 그래서 여름뿐만 아니라 겨울에도 누마루에 앉아서 놀 수 있다. 문도 삼중으로 되어 있다. 바깥문에는 유리를 달았고, 안쪽 문에는 한지를 발랐다. 게다가 나무로 된 문이 하나 더 있다. 아파트의 새시 수준은 아니지만 문틈 사이로 들어오는 바람을 거의 차단한다. 전선, 여름 냉방용 에어컨, 거울, 조명등 같은 걸 눈에 보이지 않게 집어넣었다. 그래서 천장이 깔끔하고 서까래와 대들보만 보이는 것이다.

심심헌처럼 북촌의 거듭난 한옥의 장점은 동선(動線)이 편하다는 것이다. 마당에서 마루에 올라오면 마루에서부터 방 두 개, 그다음 누마루까지 모두 통으로 연결되는 구조다. 물론 중간 중간에 칸막이 문이 있다. 이 문을 '열어 들개문'이라 부른다. 열어서 천장을 향해 들어 올려 고정할 수 있는 문이다. 열어 들개문을 모두 열어 천장에 고정하면 하나의 열린 공간이 된다. 바닥에는 문턱이 없다. 발에 걸리는 문턱이 없으니까 긴장이 줄어든다. 한옥이 60제곱미터(20평)만 되어도 굉장히 크게 보이는 이유는 바로 이 점 때문이다. 상황에 따라 칸막이 문을 여닫으면서 공간을 축소하기도 하고 확대할 수 있는 구조가 바로 한옥인 것이다. 한옥은 실내에 수십 명이 모여 연주회를 감상할 수도 있다는 말이다. 재래 한옥에서 불편하던 점이 화장실과 주방이었다. 심심헌은 아파트처럼 주방과 화장실을 모두 실내에 들였다. 밖으로 나갈 필요가 없다. 특히 이 집 주인은 '화장실'에다 힘을 주

왼쪽 : 남미의 이국적인 색감이 돋보이는 화장실. 창밖 다른 집 담장까지 핑크색으로 페인트칠한 집주인의 감각과 열정을 보여주는 공간이다. 오른쪽 : 대청마루 안쪽 안방은 포근한 느낌을 더하기 위해 천장을 막았다. 지붕과 천장 사이 남는 공간은 다락방으로 활용하는데 접이식 사다리를 감쪽같이 숨겨놓은 아이디어가 재미있다.

었다. 화장실 세 곳이 모두 다른 디자인이다. 화장실 바닥에는 비취색 타일을 깔았는데 이슬람의 묘한 분위기를 자아낸다. 조주립 씨는 멕시코, 아르헨티나, 브라질 같은 남미에서 거의 20년을 살았기 때문에 취향과 감각이 국제적이다. 그 이국적인 취향이 화장실 꾸미는 데 반영된 것이다.

어둠 속에선 시간이 더디 흐른다

이 집은 지하실도 있다. 이국적 분위기의 사적인 공간이다. 책도 있고, 소파와 탁자도 있고, 술병도 있고, 컴퓨터도 있고, 여러 가지 생활에 필요한 자질구레한 잡동사니도 있다. 벽에 걸린 여러 가지 장식품과 공예품은 남미풍도 있고, 유럽풍도 섞여 있다. 위층이 조선시대라면 아래층은 현대적 분위기다. 그런데 지하실에 있는 화장실 문이 주목을 끈다. 검은색 철문이다. 위에는 도르래를 설치하여 여닫을 때 이 도르래가 돌아가는 구조인데, 그 검은색 철문의 무게감이 아주 육중하게 전달된다. 이 철문을 닫고 변기에 앉아 있다 보면 완벽하게 보호받는다는 느낌이 들 것 같다. 한옥을 자세히 보면 오행(五行) 가운데 쇠가 부족하다. 나무와 흙이 주조를 이루다 보니까, 어디 한 군데는 단단한 금속이 있어야 균형을 잡을 것 아닌가. 그 균형을 아래층 검은색 화장실 철문이 잡아주고 있었다.

지하실 있는 한옥은 북촌 가회동 한옥이 효시인데, 가회동에서도 이 심심헌이 지하실 한옥의 원조에 해당한다. 공간이 좁으니까 위로는 올라갈 수 없고, 아래로 내려갈 수밖에 없었다고 한다. 무엇이든 처음 시도하는 사람은 연구를 많이 해야 한다. 지하실의 단점은 세 가지다. 어둡고 환기가 잘되지 않으며 습기가 찬다. 먼저 '어둡다'는 점은 지하실을 파면서 어

행랑채가 바라보이는 누마루 창가에 입식 소파를 배치했다. 브라운, 퍼플 등 깊은 색감이 한옥의 고졸한 멋과 잘 어우러진다.

한지 바른 문을 통해 들어오는 빛은 그 자체가 아트다. 빛의 농도가 더 진한 문 중간의 네모난 부분을 '불 밝기'라 하는데 보고 있으면 마음이 충만해진다.

박물관이 아닌 실제 사는 한옥의 미감을 느낄 수 있는 주방. 메탈 소재의 싱크대, 비비드한 컬러의 가전제품, 가죽으로 마
감한 테이블과 자수 방석 등 현대의 라이프스타일과 전통 한옥이 조화를 이룬다.

느 정도 수용하기로 했다. 집주인의 철학이 바로 '어두워야 시간이 천천히 간다'라는 것이다. 너무 밝으면 과민해진다. 그래서 그는 간접조명을 선호해 벽면 쪽에 조명등을 설치했다. 습기가 차는 부분은 벽을 이중으로 처리했다. 벽 사이에 50센티미터가량 공간을 비워뒀다. 이중벽을 치니 습기는 잡을 수 있었다. 그 대신 실내 공간은 줄어들 수밖에 없다. 습기 없는 대신에 공간이 줄어드는 손해를 감수한 셈이다. 환기 문제는 어떻게 했는가? 천장 구석에다가 두 대의 환풍기를 설치했다. 필요할 때는 강제 환풍을 한다. 그러고는 위층의 담벼락 밑에다가 작은 창살문을 설치했다. 지표면에서 불어오는 자연바람이 지하실로 들어올 수 있도록 창살문을 설치하고 통로를 열어놓았다. 중간에 들어오는 바람을 막는 구조물이나 벽을 일부러 설치하지 않았다는 말이다. 이렇게 해서 지하실 문제는 모두 해결했다.

불 밝기를 보며 갈라진 마음을 달래다

조주립 씨에게 물었다. "심심헌에 살아보니 한옥의 장점은 무엇입니까?" "마음이 차분해지는 은은함이 아닐까 싶어요. 햇살이 들어올 때 방 안에 앉아 있으면 너무 밝지도 않고 어둡지도 않은 중간 단계의 상태가 됩니다. 한지로 바른 창문을 통해 들어오는 빛의 농도가 그렇게 사람 마음을 안정시켜주죠. 한옥 창문은 '불 밝기'라고 하는 장치가 있죠. 문 중간의 네모난 부분에 해당하는데, 이 부분은 다른 부분의 햇볕 농도보다 빛의 농도가 약간 더 진하죠. 이 '불 밝기'를 보고 있으면 마음이 충만해집니다. 방 안에 앉아 불 밝기를 보고 있으면 바깥세상에서 갈라진 마음이 원래 상태로 봉합되는 것만 같아요." "가회동이 지닌 장점도 있나요?" "시내 한복판과 가

담장 너머 기와지붕이 겹겹이 쌓여 있는 모습은 가회동에서만 볼 수 있는 풍광.

깝다는 점이죠. 10~15분이면 인사동, 삼청동, 안국동 일대를 다 갈 수 있습니다. 걸어서 말이죠. 가회동은 대도시의 한복판에 있으면서도 고즈넉한 전통 분위기를 지닌 동네입니다. 앞으로도 이 고즈넉한 분위기를 보존하기 위해 노력이 필요합니다." "어떤 노력 말입니까?" "서울을 방문한 외국인들이 가장 보고 싶어 하고, 강한 인상을 남기는 곳이 북촌의 한옥입니다. 한옥의 골목길을 걸어가면서 담장도 보고, 기와도 보면서 사진 찍는 것이 요즘 서울 관광의 포인트라고 합니다. 그러다 보니 이 가회동 골목길이 너무 와자지껄한 분위기로 변하고 있습니다. 서울에 정갈한 주택가의 분위기도 필요합니다. 조용하면서도 정갈한 북촌이 되면 그 자체로도 깊은 인상을 남길 것입니다. 그렇다고 관광객을 오지 말라고 할 수도 없는 노릇입니다. 이 점이 딜레마입니다. 방문객에게 어떤 형태로든지 조용하게 둘러볼 수 있도록 하는 사전 교육이 필요할 것 같습니다. 그리고 이 북촌에 문화인이 많이 와서 살았으면 좋겠습니다. 그래야만 가회동이 먹고 마시는 상업 공간으로 변하지 않습니다. 관광객만 들락거리는 상업 공간으로 변하지 않을까 걱정스러워요. 천박하지 않으면서 고급스러운 전통 분위기를 유지하는 공간 하나쯤은 서울에 있어야 하는 거 아닙니까!"

　　　　최근 가회동에 새롭게 들어서기 시작한 한옥은 세계적인 주택이라고 해도 과언이 아니다. 목재로 되어 있어 사람을 긴장시키지 않는다. 더군다나 한옥은 전부 수제품이다. 붕어빵으로 찍어낸 집이 아니다. 수제품이 지닌 독특한 분위기가 있다. 그 가운데 하나는 의식을 내면으로 집중시키는 주택이라는 점을 꼽을 수 있다. 한옥에 들어와 있으면 그 어떤 안정감과 충만감이 든다. 한류란 무엇이겠는가. 결국 동골서육이 아닌가? 해방된 지 70

'심심헌'처럼 젊은이들에게 모델이 되는 설득력 있는 한옥이 필요하다고 설파하는 저자. 주인장 조주립 씨는 외국 생활을
하면서 역으로 우리 문화와 전통에 대한 관심을 조금씩 키워나갔다.

년이다 되어간다. 이쯤 되면 한국의 골격에다가 서양의 살을 붙여 새로운 초
석을 내놓을 때가 된 것이다. 심심헌이 그러한 모델이다.

청산은 아무 말이 없는데 꽃은 피어 웃고

지
리
산

자
연
가

지리산. 이름만 들어도 숨 가쁜 명산 중 명산이며 산세 험하기로 유명한 그곳에
인적 드문 신비로운 마을 '두지터'가 있다. 굽이진 산길을 매일 오르며 산야초를
캐고, 봄소식을 가장 먼저 알리는 여린 잎으로 차를 덖으며 자연의 삶을 살고 있
는 약초꾼 문상희 씨. 그가 손수 지은 황토집 '자연가(自然家)'의 툇마루에 앉아
있으면 바람에 실려 온 흙냄새, 나무 냄새, 사람 냄새까지 온통 그리운 냄새가 진
동한다.

산야초 명인 문상희 씨의 황토집. 창암산이 바라보이는 이곳에 20년 전 터를 잡고 자연 재료로 직접 집을 지었다.

"지리산에 있으면 굶어 죽지 않고 스스로 목숨을 끊는 사람이 없다." 지리산에서 수십 년 살아온 산사람들의 이야기다. 나는 이 말만 생각하면 마음이 놓인다. 또 기분이 흐뭇해진다. 피처 못할 사정이 생겨 어디론가 도망가야 한다면 지리산으로 갈 것이다. 지리산은 이처럼 후덕한 산이다. 인삼 빼고는 없는 약초가 없어 그만큼 뜯어 먹을 먹을거리도 많다. 지리산의 둘레는 대략 196킬로미터(약 500리) 정도다. 지리산 주위에 포진한 올망졸망한 동네를 따라서 한 바퀴 돈다고 가정한다면 그 거리는 334킬로미터(약 850리)가 된다. 이 둘레길을 따라 걸으려면 열흘은 족히 걸린다. 그만큼 품이 넓다.

　　지리산 남쪽은 쌍계사가 있는 화개와 악양이다. 섬진강을 끼고 있는 데다 들판도 넓고 남향이라 살기도 좋다. 지리산 북쪽은 지대가 높아 상대적으로 춥다. 실상사 쪽에는 귀농, 귀촌 운동으로 도시 사람들이 많이 내려와 살고 있다. 북쪽의 또 한 군데가 함양군 마천면이다. 천왕봉에서 내려온 칠선계곡이 이 마천면 쪽으로 내려온다. 칠선계곡은 우리나라 계곡 중에서 가장 험한 계곡으로 알려져 있어 초보 등산객은 이 골짜기를 올라가지 못한다. 전문 산악인이나 출입하는 난이도 높은 계곡인 것이다. 그만큼 인적이 드문 지역이라 신비로운 장소로 여기던 곳이고, 지리산의 여러 가지 전설이 전해 내려오는 곳이다.

　　우선 변강쇠의 전설이 있는 벽송사(碧松寺)가 여기에 있다. 마천에서 올라가면 추성골이 나오는데 추성(樞星)은 북두칠성을 가리킨다. 계룡산 학하리에도 추성낙지(樞星落地)라는 명당이 전해져 오는데, 지리산 칠선계곡에도 추성이 떨어진 모양이다. 칠성(七星)과 칠선(七仙)은 왠지 궁합

작은 서안과 이불 한 채, 분재 화분이 전부인 온돌방은 세상 시름을 잊게 해주는 치유의 공간이다.

이 맞는 조합이라고 생각한다. 이 추성골에서 가파른 고갯길을 30분 정도 더 올라가다 보면 조그만 분지같이 생긴 터가 하나 나온다. 여기가 '두지터' 이다. 쌀을 담아놓는 용기가 두지(뒤주)다. 옛날에 가락국의 마지막 왕인 구령왕이 전쟁에서 밀려 지리산에 성을 쌓고 숨었다고 하는데, 그 시절에 군량미를 저장해놓던 장소가 바로 이 두지터였다고 전해진다. 그만큼 외부에서는 잘 드러나지 않는 은밀한 지형인 곳이다. 과거에는 난공불락의 칠선계곡이 둘러싸고 있어서 일반인이 접근하기도 어려웠기 때문에 숨어 살기에 적당하던 곳이었다. 또 1950~60년대 지리산 산골짜기에 흩어져 살던 화전민들을 모아 이주시키기 위해 만든 부락이라는 이야기도 있다.

이런 곳에서 사는 사람은 어떤 팔자인가? 아무나 이런 데서 사는 게 아니다. 팔자에 타고나야만 이런 천장지지(天藏之地, 하늘이 감추고 땅이 숨겨놓은) 터에서 살 수 있는 것이 아닌가. 이 뒤주터의 터줏대감은 문상희(57세) 씨다. 20년 전부터 여기에 들어와 살고 있다. 진주가 고향이고, 지금도 아내와 자식들은 도시 진주에서 산다. 어릴 때부터 산을 좋아하다 보니 결국 '산팔자'가 되었다.

약초 냄새가 그윽한 황토집 짓고

칠선계곡 굽이진 흙길을 따라 30분 정도 올라 두지터를 지나면 현재 다섯 가구가 모여 살고 있다. 문상희 씨의 집은 맨 꼭대기 황토집이다. 방 두 칸짜리 황토집의 입구에는 '자연가(自然家)'라고 나무에 새긴 현판이 걸려 있다. 제자백가 중 법가, 유가, 도가, 종횡가라는 이름은 들어보았지만 '자연가'는 들어보지 못했으나 그 작명은 충분히 일리가 있다. 노자는 '도

51

'자연가'라는 풋풋한 이름이 소박한 흙집과 닮아 있다.

법자연(道法自然)'이라고 했다. 도는 자연을 본받는다는 뜻이다. 동양에서 말하는 궁극적인 도는 결국 자연에 있다는 말이다. 자연의 이치를 알려면 자연에 몸을 담고 살아보아야 한다. 문상희 씨는 꿋꿋하게 지리산에서 살았으니 자연가라는 현판을 달 만한 자격이 있는 것이다.

질문을 던졌다. "뭘 먹고 사는가?" "지리산 산신이 나를 먹여 살린다. 여기 오면 굶어 죽지 않는다. 약초가 많다. 몇 년 전에는 상황버섯을 많이 땄다. 암에 좋다고 해서 사람들이 많이 찾는 버섯이다. 이거 팔아서 먹고살았다. 요즘에는 차(茶)를 만든다. 이름은 초향(草香)이다. 칠선계곡 두지터에서 자생하는 산야초와 나물을 따서 만든 차다. 곰취, 취나물, 산마늘, 청옥, 참나물, 머위, 금낭화, 고사리 등등이다. 4월 20일 무렵부터 따기 시작해 단오 이전까지의 어린순(筍)으로 만든다. 순을 따서 뜨거운 가마솥에 일단 덖은 다음 손으로 비비고 말려서 발효를 억제시킨 순녹차(筍綠茶)다.

여기 다녀간 서울 사람들이나 사찰의 스님들이 많이 사간다." "이 근방에 어떤 약초가 쓸 만한가, 예를 하나만 들어주시라." "벌나무가 있다. 한자로는 봉목(蜂木)이라고 부른다. 이 나무를 달여 먹으면 간(肝)에 좋다. 술을 많이 먹어서 간이 심하게 망가진 조폭들도 여기 와서 이 벌나무를 몇 달간 달여 먹고 좋아진 경우가 여러 번 있었다. 조폭들은 몸이 생명이다. 몸으로 벌어먹는 직업 아닌가. 그래서 몸 생각을 아주 많이 한다. 몸이 아프면 벌벌 떨고, 몸에 좋다면 끝까지 구해서 먹는 습관이 있다. 지리산은 사람을 차별하지 않는다." "아픈 사람이 여기에 많이 오는가?" "상당히 많이 오는 편이다. 병원에서 포기한 사람들이 마지막으로 의지하는 것이 자연요법이

두지터 초입에는 약초 갤러리와 찻방을 마련했는데, 문상희 씨가 딴 산야초와 약초술이 전시되어 있다.
테이블, 장 등을 지금도 하나씩 만들어가고 있다.

다. 어떻게 보면 지리산은 자연요법의 메카다. 약초도 많고, 기후가 좋고, 산이 넓기 때문이다. 우울증이 있거나 몸이 좋지 않던 사람들이 지리산에 와서 효과를 많이 보았다."

"이 집은 어떤 재료를 썼는가, 황토만 사용했는가?" "황토에다 옥가루를 혼합했다. 아는 후배가 옥을 판매하는데, 그 후배에게서 옥가루를 좀 얻었다. 옥가루 세 포대를 얻어서 황토하고 버무려 이 방바닥에 발랐다. 이 온돌방은 옥이 들어가 있는 방이다. 장작을 때고 자보면 확실히 몸이 개운하다. 특히 땀이 많이 나오는데, 옥이 땀을 배출하는 작용이 강한 것 같다."

우리나라 온돌방 가운데 옥이 들어간 방은 이 방이 유일하지 않을까. 그는 황토를 비롯해 집 짓는 모든 재료를 차도 오르지 않는 길을 따라 지게로 날라 손수 지었다. 나무는 살아 있는 자연에서 얻었다. 그렇기 때문에 그 가치는 돈으로 따질 수 없다. 황토집에 걸맞은 인테리어도 아마추어 솜씨라 하기에는 제법 멋스럽다. 고향에서 얻어온 한옥 문짝을 천장에 매다니 조명 갓이 되었다. 두지터 초입에는 수영장이 딸린 현대식 황토집이 있다. 파란색 페인트를 칠한 도시 수영장 모습이다. 자연 속에 이런 인공 수영장이 있으니 또 색다르다. 수영을 하다 바윗돌에 앉아 쉬면 그 자체로 자연 삼림욕이다. 이 현대식 황토집은 포클레인을 동원해 지었다. 아무리 중장비라 해도 굽이진 산길을 올라올 수는 없을 터. 이 포클레인을 헬기로 날랐다고 하니 계곡에 황토집 짓고 살고 싶었던 주인장의 열망이 고스란히 전해진다.

두지터 초입의 게스트 하우스. 황토에 옥가루를 넣어 만든 현대식 황토집으로 두지터를 찾는 손님이 묵는 곳이다.

지리산 치유산방 '자연가'

　언젠가《백가기행》에서도 필자가 언급한 바 있지만, 온돌방이야말로 건강의 첩경이고 한국 전통 주택의 최대 장점이다. 간(肝) 팔아서, 신경 써서 먹고사는 게 범부의 생활이다. 스트레스는 긴장을 유발시키고, 긴장은 근육을 경직시키는데 이 경직된 근육과 경락을 풀어주어야만 큰 병에 걸리지 않는다. 요즘은 다 잘 먹기 때문에 조선시대처럼 못 먹어서 생기는 병은 적다. 대부분 긴장에서 병이 온다. 이 긴장이 축적되면 등 쪽에 문제가 나타난다. 등과 어깨 그리고 목뒤가 굳는 것이다. 이걸 푸는 데는 뜨거운 온돌방이 최고다.

　돌이라는 것이 원래 기를 품고 있는 물건이고, 온돌은 이 돌에다가 불을 가열시키는 장치다. 불도 사람을 거듭나게 하는 신물(神物)이다. 가열된 돌 위에 등을 대고 누워 있으면 모든 긴장이 풀린다. 매일 저녁 집에 들어와 온돌 위에 자면서 등 쪽의 긴장을 풀면 건강할 수밖에 없다. 그런데 그 온돌방에 옥을 첨가했으니 그 효과가 얼마나 좋겠는가. 지리산 칠선계곡 두지터의 이 '자연가' 방이야말로 최고의 명품 온돌방이 아닌가.

　"이 산속에 살면서 느끼는 풍류는 없는가?" "청산불어화장소(靑山不語花長笑) 수류무성조작가(水流無聲鳥嚼歌)'라는 옛 시가 있다. '청산은 아무 말이 없는데 꽃은 피어 웃고 있고, 계곡의 흐르는 물은 말을 하지 않는데 새는 노래를 부르고 있구나'라는 내용이다. 자연에 살면서 느끼는 미묘한 정서라고나 할까. 이런 재미를 못 느끼면 산에 사는 게 무료해질 수 있다. 또 이 맛을 느끼면 산에 오래 산다."

툇마루 앞에는 아담한 야생화 정원이 펼쳐진다. 봄이 되면 매발톱과 노루귀, 원추리, 불도화 등이 꽃을 피울 것이다.

지리산 칠선계곡을 오르는 굽이진 길의 초입. 적막함이 감도는 이곳에서 '사무사(思無邪, 마음에 간사한 생각이 없다)'를 깨닫는다.

선가의 풍류가 가득한 집

옥
정
호
의
　
조
어
대

임실의 조용한 호숫가에 낚시와 음악을 좋아하는 풍류가 이남식 씨와 최은영 씨
가 살고 있다. 창고를 개조한 소박한 목조 주택이지만 사랑채와 다실에 앉아 있으
면 시시각각 바뀌는 호숫가의 사계절 풍광이 오롯이 내 것이 되는 '행복이 가득
한 집'. 겨울에는 조지 윈스턴의 피아노곡 선율이 은은하게 울려 퍼지고, 여름이
면 마치 우주에 있는 듯 새까만 하늘에서 별들이 쏟아진다.

사랑채 다실에서 바라본 호수 풍경. 물과 산봉우리가 풍수적으로 좋은 기운을 전해준다.

집을 취득하게 되는 사연도 가지가지다. 전북 임실군 운암면 옥정호 호숫가에 자리 잡은 이 풍광 좋은 집은 낚시가 인연이 되었다고 한다. 낚시를 좋아하는 집주인 이남식 씨는 20년 전부터 물 반 고기 반인 이 옥정호에 낚시를 하러 오곤 했다. 어느 날 커다란 잉어가 낚싯대를 물고 물 속으로 들어가버리는 사건이 발생했고, 며칠 후 그 낚싯대를 찾으러 왔다가 우연히 알게 된 집터가 바로 이곳이다.

원래는 허름한 농협 창고 건물이 있던 자리인데, 집주인의 남 나른 안목으로 이 농협 창고를 개조해서 오늘날과 같은 호숫가의 전망 좋은 집이 되었다. 천지개벽이 일어난 셈이다. 집이 있으면 으레 당호가 있어야 하는 법. 사람들이 이 집을 두고 '창고집'이라는 격조 없는 이름으로 부르기에, 필자가 이를 사리에 맞지 않다고 여겨 생각 끝에 붙인 이름이 바로 '고기를 낚는 언덕(臺)'이라는 뜻의 '조어대(釣魚臺)'라고 지었다. 중국의 북경에도 조어대가 있긴 하지만, 북경의 조어대는 일반인이 함부로 낚시를 할 수 없는 국빈급 숙소 이름이다. 낚시를 무엇보다 좋아하는 집주인의 본래 의도를 그대로 드러내기에는 조어대라는 이름이 딱인 것이다.

소리를 낚는 산신, 조음선인(釣音仙人)의 쉼터

한자 문화권에서 호숫가에 낚싯대를 드리우고 한가롭게 앉아 있는 모습은 세상사에 초연한 은자(隱者)를 상징한다. 또는 자신이 활동할 수 있는 때가 오기를 기다리는 강태공과 같은 도사를 가리킨다. 중국 고사를 보면 광무제의 어릴 적 친구이던 엄광이 그 좋다는 고위 벼슬들을 사양하고 야인으로 남아 항주의 부춘산(富春山)에 숨어 살았다. 부춘산 옆으로

운암리 호숫가 집 '조어대'. 집주인 이남식 씨는 낚시를 하러 왔다가 호수 풍광에 반해 호숫가 창고를 개조해 집을 짓고
덱 위에 사랑채를 증축해 다실과 음악실로 활용한다.

는 동강이라는 강이 흘렀다는데, 엄광은 여기에서 평생 동안 낚싯대를 드리우고 고기를 잡고 살면서 세상에 나가지 않았다. 황제가 어릴 적 친한 친구인데도 세상에 나가지 않고 숨어 사는 그 지조는 무엇인가. 그래서 낚싯대를 어깨에 둘러멘 어부는 뜻이 높은 고고한 은자를 상징한다. '귀거래사'의 도연명보다 한 수 위가 엄광인 것이다. 그만큼 낚시꾼은 동양 지식 사회에서 높은 존경을 받았다.

동양화에 보면 '어초문답도(漁樵問答圖)'가 있다. 산길에서 어부(漁夫)와 나무꾼인 조부(樵夫)가 만나 서로 웃으며 대화를 나누는 장면이다. 세상 풍파에서 벗어난 탈속의 장면이다. 낚시를 좋아하다가 이 풍광 좋은 옥정호에 집을 마련하게 된 이남식 씨도 탈속한 선풍(仙風)이 있는 인물임이 분명하다. 그래서 '조음선인(釣音仙人)'이라는 호를 지어주었다. '소리를 낚는 신선'이라는 뜻이다. 신선이 과거에만 있고, 현대에는 없으라는 법이 있는가?

이 조어대는 주변에 상가가 없고, 숙박업소도, 횟집도 없다. 무엇보다 불빛이 반짝거리지 않아서 좋다. 밤이 되면 불빛 없이 주변이 어두워야 깊이 있는 풍경을 만들어낸다. 밤에 불빛 없는 공간이 그립다. 현대 문명은 어둠을 모른다. 양(陽)만 좋아하고 음(陰)을 싫어한다. 어둠에서 휴식이 이루어지고 쉬어야만 창조가 시작되는데, 어둠과 음이 너무 부족하다 보니 정신병이 많다. 무엇보다 한적한 시골 동네 분위기를 그대로 간직하고 있는 점이 대단하다. 자기 세계를 추구하는 사람은 이런 공간에서 한 번쯤 살아보아야 할 것 같다. 생각이 공간을 지배하지만, 공간이 사람에게 생각을 주기도 한다.

여행지에서 사온 이국적인 소품과 공연 포스터로 아기자기하게 꾸민 벽이 인상적이다.

집주인에게 조어대의 선가적(仙家的) 풍광이 무엇인지 소개해 달라고 하자 다음과 같이 대답한다. "새벽에 동틀 때가 장관입니다. 여명의 시간대가 되면 주변에 서식하는 온갖 새가 지저귀기 시작하고, 물안개가 호수 수면에서 피어오릅니다. 이 물안개를 보고 있으면 다른 세계에 온 것 같기도 하고, 몽환적 분위기에 젖어듭니다. 현실 세계를 잊어버리죠. 우리 사는 삶에는 너무 몽환이 없지 않습니까. '내가 다른 세계에 살고 있구나' 하는 실감을 줍니다. 다른 세계에도 가보아야만 이 세계가 즐겁다고 느낍니다. 이 세계에만 붙어 있으면 지겹습니다. 그 차원의 전환을 바로 새벽녘 물안개가 느끼게 해줍니다. 그다음에는 호수의 물고기들이 아침밥을 먹는 시간이 됩니다. 물고기들이 수면 위로 뛰어오르죠. 특히 피라미가 수백 마리씩 한꺼번에 수면 위로 뛰어오르는데 그 모습이 마치 부챗살 같습니다. 생명의 힘과 약동이 느껴지지요. 삶이 바로 저런 것이구나, 여겨지고요."

"이 호수의 물빛도 계절마다 색깔이 바뀝니까? 1년 중 어느 계절이 가장 좋은 시절입니까?" "가을에서 겨울에 이르는 기간이 가장 좋습니다. 호수에 물이 가득 차기 때문이지요. 더군다나 이때는 물빛이 아주 투명합니다. 바닥이 들여다보이죠. 거울 같다고나 할까요. 이렇게 거울처럼 맑은 물이 호수에 가득 차 있는 모습을 본다는 것은 아주 상쾌한 일입니다. 내 마음도 덩달아서 거울처럼 맑아지고, 삶의 때가 씻겨 내려간다는 느낌을 줍니다. 여름에는 광합성 작용으로 녹조 현상이 발생해 감동이 덜합니다. 한 겨울에 호수가 언 다음 눈이 약간 쌓여 있는 모습도 감동입니다. 조지 윈스턴의 깔끔한 피아노곡인 '디셈버(December)'를 들으면 제격입니다. 특히 한 겨울 밤에 눈보라가 날리는 장면도 기가 막힙니다. 가로등 불빛에 눈보라가

다실 한편에는 이남식 씨가 손수 만든 나무 가구와 컬렉션 한 소품을 두어 카페처럼 꾸몄다.

날리는 장면을 바라보고 있노라면 내가 영화 속 어느 장면에 들어와 있는 듯한 착각이 들지요."

자연의 사치를 누리며 사색을 즐기다

이 집의 구조는 본채와 사랑채로 나뉘어 있다. 본채라고 해봐야 원래의 농협 창고를 내부만 개조해서 만든 공간이다. 창고 건물이라서 천장이 5미터 정도 높다. 살림하는 공간인 본채의 실내가 높으니 소리에 울림이 있다. 공간이 높으면 남사의 기(氣)가 살고 낮으면 눌린다. 내면에 집중할 때는 천장이 낮은 집이 좋고, 이걸 풀어 버리는 단계가 되면 높은 집이 좋다. 천장이 높으면 여름에 특히 쾌적하다. 이 본채는 지붕이 양철로 되어 있다. 비 오는 날에는 양철 지붕에 비 떨어지는 소리를 감상한다. 겨울에는 어떻게 난방을 하는가. 이 집 난방은 장작 난로다. 주인이 벽에 설치한 무쇠 벽난로에서 타닥타닥 장작이 탄다. 이 벽난로는 보일러 기능도 겸하고 있어서 방바닥도 덥혀준다. 벽난로의 장점은 냄새에 있다. 장작 타는 냄새가 마음을 안정시켜주는데, 일종의 아로마테라피다. 소나무 타는 냄새가 다르고, 참나무 타는 냄새도 다르고, 대나무를 태우면 또 다른 냄새가 난다. 소나무 타는 냄새는 한국인에게 내재된 민족성과 끈기를 자극하는 냄새이기도 하다. 마당에서 굴뚝을 통해 나가는 장작 냄새를 맡으니 삶의 의욕이 생긴다.

사랑채는 원래의 창고 건물 옆에 덧대 만들었다. 집을 방문하는 친구들을 재우기 위해서였다. 사랑채에는 2층에 방이 하나 있는데, 이 방 전망이 또한 일품이다. 방에 앉아서 유리창 밖을 내다보면 호수가 눈에 들어올 뿐만 아니라 밤이 되면 더 장관이다. 방바닥에 누워 있어도 하늘의 별

전주 MBC에서 음악 프로그램 프로듀서를 맡고 있는 이남식 씨는 집 안에 작은 음악회를 열 수 있는 공간을 마련했다.
매일 아침 이곳에서 차를 마시는 부인 최은영 씨.

이 보이는 구조인 것이다. 뜨끈한 방바닥에 누워 있는데도 하늘의 별을 바라볼 수 있는 구조는 대단한 사치가 아닐 수 없다. 별은 아무나 보는 것이 아니다. 별이 빛나는 하늘 아래로는 조용한 침묵을 머금고 있는 호수가 있다. 별과 호수의 말 없는 대화가 이루어진다. '정청어독월(靜聽魚讀月)'이라는 옛 선사들의 시구가 있다. '지극히 고요해지면 물고기가 달을 읽는 소리를 들을 수 있다'는 말이다. 얼마나 고요했으면 물고기가 달을 읽는 소리를 듣는단 말인가. 이 집 사랑채의 2층에 누워 창밖으로 전개되는 밤하늘의 별빛을 보고, 호수를 보면 '정청어독월'이 어떤 경지인지 약간 감을 잡을 수 있다. 이 방에 누워서 생각을 했다. '고생만 하려고 내가 이 세상에 온 것도 아니다. 이처럼 한가하게 즐기려고 세상에 태어난 것 아닌가. 그런데 나는 왜 그처럼 부산하게 살았던 것일까!'

사랑채 거실에도 역시 장작 타는 벽난로가 있고, 귀퉁이에는 검은색 그랜드피아노가 자리 잡고 있다. 벽면에는 각종 음악 CD가 천장 가까이까지 꽂혀 있다. 블라인드를 걷어 올리면 앞으로도 호수가 들어오고, 옆으로도 호수가 들어온다. 남서향과 서향의 유리창이라 오후 늦게까지 빛이 들어온다. 서향집의 빛은 감당하기 힘들다. 그래서 블라인드를 많이 쳐놓는다. 블라인드 사이로 비추는 석양볕을 쬐면서 집주인이 손님을 위해 틀어주는 기타곡을 들었다. 브라질의 형제 기타리스트인 로스 인디오스 타바하라스(Loss Indios Tabajaras)의 기타곡들이다.

집주인 이남식 씨는 음악을 아주 좋아한다. 1970년대 중반 이 형제 기타리스트가 이화여대 강당에서 연주할 때 들었다는데, 이남식 씨는 이 연주를 듣고 3일간 잠을 이루지 못했다고 술회한다. 그러니 '조음선인'

차를 마시고, 음악을 듣고, 가구를 만들고⋯. 그야말로 다양한 취미를 즐기는 부부. 집안 곳곳이 모두 부부의 놀이터이자 작업실이다.

이 될 만한 자격을 갖추었다. 석양볕이 비치는 호숫가에서 장작 냄새를 맡으며 이 곡을 들을 수 있는 나도 나쁜 팔자는 아닌 것 같다. 그 감미로운 기타 선율이 인간 내면에 깃든 착한 본성을 일깨워준다. 아! 왜 이처럼 기타 선율이 심금을 울리는 것일까? 행복은 무엇이냐? 석양 무렵 이 조어대 사랑채에 앉아서 친구들과 함께 타바하라스의 기타곡인 '마리아 엘레나'를 듣는 일이다. 그렇다. 우리 살아온 인생이 마냥 헛된 것만은 아니다. 그래, 여기까지 건너오느라고 수고했다. 상처 입은 부상병만이 다른 부상병을 위로 할 수 있다. 다 함께 이 풍광을 음미하면서 삶의 무상함을 씻어내자.

조금 일러도 좋은 전원생활의 즐거움

"전원생활을 희망하는 사람들에게 해줄 이야기가 있는지요?"
"되도록이면 젊어서 들어오는 것이 좋습니다. 저는 1997년에 이곳에 들어왔습니다. 처음 오면 집을 고치고, 마당 정리하고 주변 텃밭 관리하고 그러는 데만 6~7년이 소요됩니다. 예순 살이 넘어서 들어오면 집 짓고 고치다가 세월 다 갑니다. 또 집을 팔아야만 할 때도 제 값을 못 받습니다. 이사 오는 사람은 자기 스타일이 있어 전 주인이 해놓은 것을 다 뜯어고치는 경우가 많기 때문이죠. 공들인 집값의 반절도 받지 못하는데, 오래 즐겨야 하지 않겠어요? 좀 일찍 들어오면 즐길 수 있지요."

안주인인 최은영 씨에게 텃밭은 어떻게 관리하느냐고 물었다.
"어지간한 채소는 자급자족해요. 토마토, 생강, 고추, 깻잎, 상추, 옥수수, 가지, 고구마, 감자, 오이, 호박 등을 직접 텃밭에 가꾸죠. 아침에 일어나면 1시간쯤 호수 주변을 산책하다가 돌아오는 길에 텃밭에 들러 채소를 따옵니

사랑채에 마련한 게스트 룸. 천장 아래 뚫린 작은 창으로 밤하늘의 쏟아지는 별을 경험할 수 있다.

다. 자기가 키워 먹으면 시장에서 사 먹는 맛하고 다릅니다. 아주 신선하고 향이 좋죠. 깻잎을 직접 따서 먹으면 향이 아주 강하고, 시장에서 산 것보다 훨씬 부드럽죠. 상추도 그렇습니다. 바로 먹는 야생의 맛이 있습니다."

　　　　"제철 음식을 먹을 수 있겠네요?" "네, 절기가 피부에 와 닿습니다. 24절기가 되면 어떤 과일, 어떤 채소와 곡식을 심고 거두어야 하는지 저절로 터득됩니다. 24절기가 생활의 주요한 사이클이 되는 것이죠. 이렇게 텃밭을 관리하다 보면 저절로 운동도 됩니다. 저도 도시에 살 때는 몸이 좋지 않았는데, 여기 이사 와 14년 살면서 몸이 아주 좋아졌습니다. 시골에 살면 아침 5시에 저절로 눈이 떠지고 저녁 8시가 되면 꾸벅꾸벅 졸아요. 동네 사람들도 다 그렇게 살죠. 아침에는 개 데리고 호수 주위를 산책하고 여름에는 마당에서 호수에 낚싯줄을 던져 낚시도 합니다. 손바닥보다 훨씬 큰 붕어도 잡고, 가끔 커다란 잉어도 잡습니다."

　　　　전주에서 자동차로 25분 거리인 운암리의 조어대는 21세기 선가적 풍류가 어우러진 집이었다. '행복이 가득한 집'은 이런 집이 아닐까 싶다.

호숫가 한옥 찻집에서 인생을 생각한다

한옥 찻집 하루

전북 임실, 호숫가에 작은 돌담을 끼고 단아하게 자리 잡은 한옥 찻집 '하루'. 이곳에서 자그마한 차 밭을 가꾸며 소박하게 살고 싶어 하던 주인장은 아름다운 풍광을 더 많은 이와 즐기고자 작은 다실을 만들었다. 그의 이런 소박한 바람이 간결한 공간을 낳았고, 이 간결한 공간은 여러 사람에게 고요한 휴식을 주고 있다.

옥정호 너머로 먼 산이 바라다보이는 다실. 사계절 바뀌는 풍광이 한 폭의 그림처럼 펼쳐진다.

기와를 얹은 한옥 지붕과 정갈하게 다듬은 잔디, 그리고 뒤로 펼쳐진 산이 아름답게 조화를 이루고 있다.

'백가기행'은 100여 집을 기행한다는 의미지만, 중국 전국시대의 사상가 집단인 '제자백가(諸子百家)'를 기행한다는 뜻도 내포하고 있다. 집과 사상은 겹치기 때문이다. 그 사람의 집을 구경한다는 것은 그 사람이 평소 품고 있는 인생관을 살펴보는 셈이다. 따라서 집을 보면 집주인의 생각을 짐작할 수 있다. 생각이 정리되지 않은 주인의 집은 복잡하고, 정리가 된 사람의 집은 간결하다. 복잡보다는 간결이 아무래도 한 수 위가 아닐까. 간결하고 심플한 단계에 도달하기 위해서는 내면세계의 무수한 대패질 과정을 겪어야 한다. 대패질을 많이 할수록 간단해진다. 이 대패질은 무엇이냐? 필자가 보기에 고통과 고독이다. 고통스러우면 고독해지고, 고독해지면 성찰이 온다. 성찰이오면 내 인생에 정말 필요한 것이 무엇이고, 털어내야 할 것이 무엇인가에 대한 나름대로의 기준이 세워진다. 우선순위가 정해지는 것이다. 이때부터 인생관이 단순해지고, 그 단순해진 인생관이 그 사람이 사는 집에 어떤 식으로든 반영되기 마련이다.

　　전북 임실군 운암면 운종리 옥정호(玉井湖)가 바라다보이는 한옥 찻집 '하루'는 그 첫인상이 무척 간결했다. 그 간결함이 방문객의 마음을 차분하게 가라앉혀주는 집이다. 왜 이 집이 사람의 마음을 차분하면서 편안하게 해주는 것일까? 사람을 편안하게 해주는 자연적인 조건이 있다면 그것은 무엇인가? 필자는 세 가지 이유를 찾았다. 첫째는 옥정호라는 호수의 존재였고, 둘째는 지붕에 기와를 얹은 한옥, 셋째는 정갈하게 다듬은 녹색 잔디였다.

카페 하루가 특별한 것은 바로 한옥과 잘 정돈된 잔디, 호숫가 풍경이 조화를 이룬다는 점이다.

산과 물 그리고 석양이 함께하는 침잠의 시간

첫째, 왜 호수인가? 21세기를 사는 현대인은 물이 필요하다. 물은 휴식을 의미한다. 바다를 보든지 강을 보든지 호수를 볼 수 있는 지점은 집짓기에 최상의 조건이다. 물은 아래로 흐르는 속성이 있다. 그래서 사람의 마음을 아래로 가라앉혀준다. 세상살이는 불타는 일이다. 머리에 열이 가득해지면 마음이 위로 뜨고, 마음이 위로 뜨면 열기도 위로 올라가게 마련이고, 열기가 올라가면 곧 병이 온다. 이 열과 마음을 아래로 내리기 위해서는 물을 바라보는 것이 필요하다. 모두 나 먹고살기 위해 '열'받고 있다. 그래서 21세기는 '수(水)의 시대'라고 진단한 도학자도 있다. 19세기가 철기 문명의 정점을 이루는 쇠(金)의 시대였고, 20세기가 불(火)의 시대였다면 이제는 물의 시대라는 것이다. 불이 에너지의 원동력이고 외향적이며 공격적이라면, 물은 내면에 침잠하면서 수용적 에너지를 지녔다. 물은 또한 '블루 골드'라고도 한다. 오염되지 않은 깨끗한 푸른 물이야말로 황금에 비견된다는 것이다.

바닷물이나 강물에 비해 호수물이 지닌 장점은 무엇인가? 물이 잔잔하기 때문에 하늘의 해와 달이 비친다는 점이다. 또 한낮에는 햇볕이 물결에 반사되어 마치 보석이 반짝이는 것 같다. 밤에는 달이 비친다. 밤에 달이 물에 반사되는 모습을 일컬어 동양의 현자들은 '수월(水月)'이라고 불렀다. 불교의 관음(觀音) 중에서 가장 유명한 관음이 바로 '수월관음(水月觀音)' 아닌가. 호수를 바라보고 있는 집은 밤에 비치는 달, 즉 수월관음을 방안에서 감상할 수 있다. 수월을 보면서 생각을 많이 한다. 달은 하나지만 물에 비치면 수천 개 또는 수만 개의 달로 확대된다. 본체는 하나인데 현상은

호숫가 집에서는 '수월관음(水月觀音)'을 감상할 수 있다.

수천 개일 수 있고, 그러면서도 양자는 같다. '월인천강(月印千江)'도 이것을 말하는 것이다. 화엄(華嚴) 철학에서 말하는 '일즉다다즉일(一卽多多卽一)'의 철학적 이치를 보여주는 아주 좋은 비유가 바로 이것이다. 수월을 보면서 하나와 여럿이 다르다고 생각하는 도그마(dogma)를 깨라는 말이다. 수월이 주는 또 하나의 가르침은 '헛것'에 현혹되지 말라는 이치다. 물에 비치는 달을 손으로 잡을 수 있는가. 실체가 없다. 단지 그림자에 지나지 않을 뿐이다. 우리 삶도 이 그림자를 잡으려고 발버둥 치는 것에 비유할 수 있다. 사실이 그림자는 너무 아름답지 않은가. 가짜지만, 이 정도 되는 가짜라면 한번 잡아볼 만하지 않은가! 그래서 이태백은 물에 비치는 달을 잡으려고 물속에 뛰어든 것일까? 우리 삶이 그림자와 같고 물거품과 같은 한순간의 환영이라면, 과연 그 환영 너머의 진짜는 무엇이란 말인가? 과연 진짜는 이 환영보다 진정 가치가 있단 말인가? 우리 삶에서 진짜는 무엇이고, 가짜는 무엇인가? 호수가 바라다보이는 집이 주는 철학적 성찰이라면 바로 이것이다.

호수가 있으면 석양이 좋다

찻집 '하루'는 서향(西向)이다. 저녁 무렵에 노을이 붉게 호숫가를 물들인다. 호수와 석양은 최상의 궁합이 아닐 수 없다. 〈관무량수경(觀無量壽經)〉이라는 경전에 보면 극락을 보기 위해서는 평소 명상하는 습관을 들여야 하는데, 그 명상 습관은 16가지가 있다고 소개한다. 이를 16관(觀)이라고 한다. 16관 중에서 제일 첫 번째 관이 바로 저녁에 석양을 보는 것이다. 석양을 보면 분노가 삭아버린다. 인생 헛살았다는 자책감과 무상감도 어느 정도 보상받는 것 같다. 이런 노을을 보고 있는 나는 행복하지 않

85

고창 해리 송계정의 정자를 옮겨오고 이름을 송하정으로 바꾸었다.

은가 반문하게 되기 때문이다. 이만하면 됐지 얼마나 더 바랄 것인가. 그러면서 마음이 치유되기 시작한다. 옛날 사람들도 석양을 바라보면서 인간이 느끼는 감정이 무엇인가를 정확하게 알고 있었던 것이다. 16관 가운데 석양관을 제일 첫머리에 배치한 이유가 여기에 있다. 중년들은 시간만 나면 석양을 바라보아야 한다. 그러나 도시에서 일몰 보기가 그리 쉬운가. 필자는 저녁 일몰이 아름답게 보이는 장소를 찾아 전국을 누빈 적도 있다. 해남 미황사 명부전 석축에 올라 조망하는 일몰도 아름답고, 영광 법성포의 해안 도로에서 칠산 앞바나도 넘어 가는 장엄한 일몰도 기억하고 있으며, 거제도 외포리에서 보던 석양도 잊을 수 없다. 특히 석양이 물빛에 비칠 때 더욱 효과 만점이다.

'하루'의 한옥 본채는 편액이 송하정(松霞亭)이다. 소나무와 노을이라는 뜻이다. 고창의 해리에 있던 송계정 건물을 이쪽으로 옮겨오면서 송하정으로 이름을 바꾸었다. 송하정의 가운데 방은 원래 마루로 된 대청이었는데, 전기 코일을 깔아서 겨울에도 바닥이 따뜻하다. 이 대청마루에 앉아서 옥정호로 저녁노을이 지는 광경을 바라보고 있으면 이제까지 내가 살아온 삶도 그리 나빴던 것만은 아니라는 위로가 밀려온다. 노을은 선비들도 광적으로 좋아했다. '연하벽(煙霞癖)'이라는 단어가 그것이다. 안개 연(煙) 자, 노을 하(霞) 자다. 안개와 노을을 미치도록 좋아한다는 뜻이 바로 '연하벽'이다. 이 '연하벽'이라는 병에 걸리면 세속을 떠나야 한다. 산이 좋아진다. 문명과 백화점과 쇼핑과 돈과 멀어지면 연하벽이 가까워진다. '단하실(丹霞室)'이라는 표현도 있다. 하늘에 있는 옥황상제의 책을 보관하고 있는 도서관을 단하실이라고 한다. 옥황상제의 도서관 주위를 붉은 노을(丹霞)

안채에서는 해인사 도방의 다기와 수작업으로 만든 다포, 매트 등의 소품도 판매한다.

이 둘러싸고 있다는 것이다. 붉은 노을이 둘러싸고 있어야 마귀나 잡귀들이 감히 책을 훔쳐가지 못한다. 마귀를 쫓아내는 장치가 바로 단하인 것이다. 필자의 서재에는 경주의 지인으로부터 뺏어 온(?) 단하실(丹霞室) 편액이 걸려 있다. 이처럼 저녁노을은 동양의 정신사에서 그 용도가 다양하다.

이러한 위로감은 한옥이기에 더욱 배가된다. 콘크리트 건물에 앉아서 바라보는 석양과 한옥 대청마루에 앉아서 바라보는 광경이 분명 다를 터. 미국 사람이면 몰라도 한국 사람이라면 누구나 공감할 것이다. 한옥은 우리 할아버지가 살았던 집이고, 그 윗대 조상들도 이곳에 살았다. 천년이 넘게 살아오면서 우리 유전자 속에는 한옥이 가진 이미지가 들어 있다. 조상도 살았고 나도 산다. 이 감정에는 편안함이 깔려 있는데 이는 오래된 것이 주는 장점이다. 새로운 것은 긴장을 주지만, 오래된 것은 안정감을 준다는 것이 나의 지론이다. 우리 삶은 너무 빨리 바뀌고 있다. 바뀌지 않는 것이 지닌 미학이라고나 할까. 제발 좀 안 바뀌는 것도 있었으면 좋겠다. 친구도 오래된 친구가 편안하지 않던가! 초등학교 동창생이 주는 편안함이 바로 한국인에게는 한옥이 주는 편안함이다. 한 가지 더. 새로 지은 집보다는 옛날에 살았던 집이 더 정감이 간다. 목재에 세월의 때가 묻어 있으면 좋다. 대개 호수를 바라보는 집은 서구적 건축 또는 펜션이라는 이미지가 있는데, 한옥이 이처럼 단아하게 호수를 마주하니 그 느낌이 특별한 것이다.

풍수는 어떠한가? 임실군 운암면 운종리의 찻집 '하루'는 그 터가 재물이 모이는 터다. 풍수에서 재물은 무엇으로 보느냐? 우선 물이다. 집 앞에 물이 감아 돌거나 호수가 보이면 일단 돈으로 본다. 그런데 집에 비해 호수가 너무 크면 부작용이 있다. 물의 크기가 적당해야 한다. 이 옥정호

차탁과 다기장으로 정갈하게 꾸민 행랑채에는 3칸의 다실이 마련되어 있다.

는 섬진강의 물이 내려와서 생긴 호수로, 운암댐과 연결된다. 그래서 상당히 큰 호수에 해당한다. 그런데 호수 귀퉁이에 자리 잡은 이 찻집은 넓은 호수가 통째로 바라다보이는 것이 아니고, 바둑판의 귀퉁이처럼 호수의 귀퉁이만 보이는 지점이다. 호수가 손바닥보다 좀 크게 보인다. 바로 이 점이 묘미다. 그다음에는 찻집 앞에 보이는 산의 모습이다. 앞쪽이 뻥 뚫려 있으면 풍수에서는 기가 빠져나간다고 본다. 앞에 가려주는 산이 있어야 한다. 도선국사는 이 앞산의 존재를 대단히 중요하게 여겨 앞산이 없는 곳은 터로 잡지 않았다. 사람 얼굴에 비유하면 마치 턱과 같다. 앞산이 없으면 사람의 턱이 없는 셈이다. "어림 택도 없다"는 말은 여기에서 유래했다고 본다. '택'은 '턱'의 사투리다. 이 앞산을 안산(案山)이라고 부른다. 책상과 같이 적당한 높이의 산이어야 제구실을 한다. 앞산이 너무 높으면 집을 짓누르고, 너무 낮으면 힘이 없다. 집의 마루에 주인이 섰을 때 배꼽에서 눈높이 사이의 높이가 가장 좋은 안산의 높이다. '하루'의 안산은 이 높이에 해당한다. 너무 높지도 낮지도 않다. 앞산에 섬진강 시인으로 유명한 김용택 시인이 근무한 초등학교 마암분교가 자리 잡고 있다. 집터 뒤쪽에서 내려오는 산의 맥도 기운이 있어 보인다. 뒷맥도 짱짱해야만 집터가 힘을 받는다.

　　　　　이 집이 주는 간결함의 세 번째 요인은 잔디다. 잔디는 서양 건축의 단골인데, 한옥에 잔디를 깔아놓으면 동도서기(東道西器)가 된다. 녹색 잔디는 모던한 느낌을 주는데, 이 모던함이 오래된 한옥과 만나면 궁합이 맞다. 세련되면서도 심플한 분위기를 선사하는 것이다.

호숫가 바로 옆에는 작은 차 밭이 있다. 특히 안개 낀 새벽과 석양이 질 무렵 그 풍경이 아름다워 산책을 즐기기 좋다.

한옥 찻집에서 인생 기행

이 찻집의 본채는 고창군의 송계정이라는 유서 깊은 정자를 옮겨온 것이다. 정자는 살림 공간이 아니고 선비들이 모여 놀던 휴식 공간이다. 가운데가 대청마루고 양쪽으로 방이 하나씩 있는 구조다. 실내 높이도 적당하게 높다. 이 높이가 또한 시원한 분위기를 만들어 준다. 이 집 주인은 차를 좋아해서 찻집의 마당 아래쪽 텃밭 1653제곱미터(약 500평)에 녹차를 심었다. 차를 직접 조달하기 위해서다. 호수의 안개도 이 찻잎의 영양분이 될 것이다. 차는 이슬과 안개를 먹고 성장하는 식물이다. 10월부터 11월 초까지는 하얀 차꽃이 핀다. 차꽃의 향은 치자꽃 향과 같은데, 치자꽃 향보다 훨씬 은은하면서도 깊이가 있다. 어찌 다른 나무의 잎은 다 떨어졌는데 차나무는 이 늦가을에 꽃을 피운단 말인가. 국화와 차(茶)는 동무란 말인가.

전주 시내에서 자동차로 20~30분 거리의 시골에 있는 이 찻집은 주말이 되면 도시 사람들이 알음알음 찾아온다. 오후 6시면 문을 닫기 때문에 주말 낮 시간에는 자리가 없을 때가 많다. 한국은 이제 시골이 없다. 길이 잘 뚫려 있고, 자동차를 가지고 있으니까 좋다고만 하면 어디든지 간다. 4~5시간이면 어지간한 거리는 찾아갈 수 있다. 경치가 좋다고 소문이 나서 서울에서도 오고, 대구와 부산에서도 찾아온다. 사람이 많이 모이는 시끌벅적한 유원지보다 이처럼 전망이 좋고 석양이 비치는 한옥 찻집에 와서 자기 인생을 차분하게 되새겨보는 찻집 기행이 더 실속 있는 일 아닌가. 차 한 잔 하고 앉아 있자니 더 나이 들어 이런 찻집 하나 하면 좋겠다는 생각도 든다. 지는 해를 바라보며 찾아오는 방문객에게 정성스럽게 달인 차를 내주면서 인생 이야기를 나누는 것 또한 좋은 삶이니.

깊은 산속 운무가 피어오르는 다실

문
경
의

운
달
산
방

명당에 살면 마음이 밝아지기에 밝을 명(明) 자가 들어간다. 문경 운달산 600
미터 지점 숨은 땅에 얹혀 있는 운달산방(雲達山房)은 차를 마시는, 그리고 차
를 좋아하는 법종 스님이 지은 다실이다. 눈으로는 운무를 바라보며 귀로는 철철
흐르는 계곡의 물소리를 듣고 입으로는 향긋한 차를 음미하는 흥취가 있다. 좌청
룡 우백호에 구불구불 휘어지며 내려오는 맥까지, 산중에 좋은 기운이 모두 모였
으니 명당 중 명당이다.

운무가 피어오르는 산을 바라보며 앞마당에 앉은 법종 스님. 차 애호가인 그가 지은 다실에서도 이 풍경을 두 눈에 담을 수 있다.

"행복이 어디에 있느냐?" 하고 누가 나에게 묻는다면 "명당(明堂)에서 사는 것"이라고 대답하겠다. 명당을 구해 거기에다 거처를 정해서 사는 것이 나에게는 커다란 행복이다. 왜 명당이냐? 명당에서 살면 우선 몸이 건강하다. '신외무물(身外無物)'은 철리다. 건강이 망가졌는데, 돈이 있다고 해서 무슨 소용이 있겠는가. 나이 쉰 넘어 몸이 건강하다면 그 사람은 인생에서 성공한 것이나 다름없다. 수많은 삶의 장애물을 통과하면서도 몸을 버리지 않았으니 얼마나 성공한 인생인가! 명당에 앉아 있으면 기운이 몸으로 올라오는 것을 느낀다. 시기(地氣)의 맛이라고나 할까. 척추 뼈를 타고 찌릿찌릿한 기운이 목덜미에 올라오고 다시 양미간으로 넘어오는 기운의 맛을 느끼면 명당이 얼마나 좋은 것인지를 안다. 이 세상에 태어나서 여러 가지 맛을 보고 가지만, 이런 맛도 알고 가야 하는 것 아닌가!

　　이를 풍수 용어로는 '승생기(乘生氣)'라고 한다. 즉, 생기(生氣)에 올라타는 것이다. 이 생기가 몸의 피를 타고 온몸에 돌아다니면 새벽 서너 시까지 앉아서 이야기를 해도 그리 피곤하지 않다. 생기가 미치지 않는 8~9층 아파트에서 살다 보면 쉽게 피로감을 느낀다. 이처럼 생기가 올라오는 장소가 명당이다. 이런 기운이 돌면 건강은 덤이고, 마음도 평안해진다. 몸이 잘 돌아가는데, 마음이 잘 돌아가지 않을 리 없다. 명당에 살면 마음이 밝아지는 것이다. 마음이 밝으면 하는 일도 잘되기 마련이다. 자기가 에너지가 충만해 다른 사람에게 친절하고 기분 좋게 해주는데, 다른 사람도 도와주지 않을 리 없는 이치다. 명당에 살아야 재물이 모이고, 이 재물이 또한 오래가는 이치가 여기에 담겨 있다. 요점은 몸과 마음의 밝음인 것이다. 이 이치와 맛을 아는 선인들이 명당 명당 노래를 불렀다.

운달산 600미터 숨은 땅 위에 지은 운달산방의 외관.

문경의 운달산(雲達山)은 1000미터 급의 산이다. 문경은 강원도 쪽 백두대간이 한 번 꺾여서 충청도와 경상도의 내륙으로 들어오는 길목에 자리 잡고 있다. 백두대간의 병목 지점에 해당한다. 마치 양의 내장처럼 고산들이 밀집해 배치되어 있다. 1000미터 급 고산이 많을뿐더러 그 산마다 각기 기운이 좋다. 화강암이 노출된 산일수록 기운이 좋다. 기운의 강도는 바위 강도와 비례한다. 화강암질일수록 거기에서 뿜어져 나오는 기운도 단단하고 야무지다. 땅의 기운을 먹고 사는 직업인 승려나 도사는 문경 일대를 선호할 수밖에 없다.

운달산방은 운달산의 600미터 지점에 자리 잡고 있다. 이 높이가 적당하다. 지구온난화가 진행되고 있어 좀 높은 지점에서 사는 것이 좋다. 500미터부터 800미터까지가 적당하다. 이런 지점이면 삼복더위에도 30℃가 안 넘어간다. 산이라서 복사열도 없고 600미터에선 모기도 별로 없다. 사는 게 쾌적한 고도다. 필자가 머무는 축령산의 휴휴산방(休休山房)은 300미터 해발이라 여름에 서늘하지 않다. 600미터 급이 역시 서늘해서 좋은데 운달산방은 이 고도다. 풍수교(風水敎) 신자인 나 같은 사람이 보기에 이 운달산방은 명당의 조건을 대부분 갖췄다. 우선 좌청룡 우백호의 산세가 좋다. 너무 낮지도, 높지도 않고, 양쪽에 살기가 안 보이기 때문이다. 살기는 뾰쪽뾰쪽 튀어나온 바위를 일컫는다. 이런 살기가 청룡 백호에 있으면 아무래도 기운이 사나워진다. 산방의 뒤로 내려오는 맥도 직룡(直龍, 일직선으로 뻗어 내려오는 맥)이 아니다. 구불구불 휘어지면서 내려와야 좋다. 직룡은 기운이 너무 강하고, 구불구불하게 내려오면 기운이 걸러져 기운의 맛이 부드럽다. 앞산의 형국도 좋다. 청룡과 백호 사이가 너무 벌어져 있으면 기

'다선일미'라고 쓴 액자가 걸린 좌청룡의 다실은 15명이 앉을 수 있는 큰 방으로 운달산의 풍경을 창 안으로 담아낸다.

운이 세고 가운데가 뻥 뚫려 있는 것도 좋지 않다. 기운이 세지 않고 막혀 있어야 하는데, 그러려면 앞산이 적당하게 막아줘야 한다.

앞산의 높이가 너무 높으면 사는 사람에게 답답한 느낌과 위압감을 준다. 너무 낮아도 힘이 없다. 일어서서 보았을 때 배꼽 위에서 눈높이 사이에 걸리는 산의 높이가 가장 이상적이다. 이 적당한 높이를 지관은 '제상목하(臍上目下)'라고 한다. 배꼽 '제(臍)'자로, 배꼽 위에서 눈 아래 사이를 가리키는 표현이다. 운달산방은 멀리 앞에 보이는 조산(朝山)이 한일(一)자로 가로막고 있어 기운을 막아주니 어찌 아름답지 아니한가! 관쇄(關鎖)가 참 좋다. 앞이 벌어져 있어 마치 앞니가 두세 개 빠진 것처럼 보이는 터가 많은데, 이 운달산방은 특히 앞이 터져 있지 않은 점이 마음에 든다. 이런 터는 구하기가 정말 힘들다. 공부에 있어 터가 차지하는 비중은 50% 이상이다. 명당만 구하면 공부의 반절은 끝난 셈이다. 이런 터를 구하려면 20년 이상 전국을 돌아다니면서 풍수를 참구해야만 한다. 운도 따라야 함은 물론이다. 물각유주(物各有主, 물건에는 각기 주인이 따로 있다)라는 말도 있지 않은가.

선(禪)과 차(茶)가 하나로 만난 다실

이 집은 산방(山房)이다. 일반 살림집이 아니다. 그렇다고 그 형식이 불교 사찰도 아니다. 성(聖)과 속(俗)이 섞여 있는 집이다. 어떻게 성과 속을 섞는단 말인가? 그 중도 노선이 바로 다실이다. 이 운달산방은 차를 마시는, 그리고 차를 좋아하는 차 애호가가 지은 다실이다. 다실은 속(俗) 가운데에 있으면서도 성(聖)을 체험할 수 있게 해준다. 성스러운 공간이

우백호의 작은 다실에서 차를 마시는 법종 스님.

면서도 성스러움의 부작용으로 나타날 수 있는 구속감과 중압감을 최소화한 공간이다. 다실은 성스러우면서 동시에 속스러운 공간이기도 하다. 묘한 노선인 셈이다.

운달산방의 다실은 두개다. 좌청룡에 하나가 있고, 우백호에 또 하나가 있다. 좌청룡의 다실이 15명 이상 앉을 수 있는 큰 방이라면, 우백호의 다실은 3~4명이 앉아 차를 마시면 적당한 공간이다. 이 두 개의 다실을 연결하는 연결 부위에는 차를 보관하는 차 항아리가 자리를 차지하고 있고, 생활하는 데 최소한 필요한 부엌과 세면장이 있다. 좌청룡의 큰 다실에는 '다선일미(茶禪一味)'라는 액자가 걸려 있다. 선(禪)과 차(茶)가 하나라는 말이다. 참선이 따로 있는 게 아니라 차 마시는 행위 그 자체가 바로 참선이다.

차를 마신다는 행위를 인수분해해 살펴보면 우선 물을 길어와 무쇠 주전자에 담아 끓인다. 어떤 물인가에 따라 차 맛이 달라지므로 물의 성질도 중요하다. 물이 깨끗해야 함은 물론이다. 물을 주전자에 끓이는 과정도 흥미롭다. 물 끓는 소리를 들어야 한다. 끓는 소리 자체가 의식을 집중하게 하는 동시에 산속의 고요한 적막을 깨뜨린다. 어떻게 보면 삶의 소리고, 생존의 소리고, 존재의 소리가 되는 것이다. 동이 트기 전 새벽녘에 끓이면 폭포 소리와도 같이 들린다. 희미한 어둠 속에서 이 물 끓는 소리를 듣노라면 혼자 있어도 외롭지 않다. 아, 혼자 있어도 세상은 외롭지 않구나! 홀로 즐기는 독락(獨樂)의 경지는 이런 것인가!

이러한 경지는 역시 본인이 직접 체험해보아야만 느낄 수 있다. 물을 끓인 다음에는 찻잔을 수건으로 닦는다. 물기를 없애고 반질반질 윤

두 개의 다실을 연결하는 통로에 놓인 항아리 안에는 귀한 차가 한가득 담겨있다.

이 나는 찻잔에 차를 부어야만 차의 품격도 살아난다. 찻잔에 차를 부을 때도 꽉 차게 부으면 안 된다. 30%는 여유를 두고 부어야만 여백이 생긴다. 이런 여백이 있어야 삶이 여유로운 것 아닌가. 멈출 줄 아는 지혜를 찻잔에 차를 부으면서 새삼 깨닫는다. 우선 찻물을 흘리지 않아야 한다. 집중력이 필요하다. 긴장하지 않는 것 같으면서도 찻물을 흘리지 않을 때 그 사람의 일상생활이 모두 법도에 맞는 셈이다. 반복하다 보면 긴장이 익숙해지는 단계가 찾아온다. 이 단계에 이르기까지는 시간이 필요하다. 하루아침에 도달할 수 있는 경지가 아니다.

큰 다실에서 주의 깊게 볼 가구가 하나 있다. 벽을 따라 낮은 자세로 누워 있는 문갑이 바로 그것이다. 대개 문갑은 조선시대 선비의 필수 목가구였다. 사방탁자와 문갑이 필수품이던 것이다. 문갑은 자질구레한 물건을 넣을 수 있는 수납 가구다. 먹감나무 재질이 많지만, 이 다실의 문갑은 장인에게 특별하게 주문하여 보통 문갑보다 약간 큰 크기인 데다가, 그 재질도 소나무로 만들었다. 투박하면서도 튼튼해 보인다. 이 안에다 차도구, 자질구레한 용품을 넣어두니까 방 안이 깔끔해 보인다.

운달산방은 전기가 들어오지 않는다. 해 뜨면 일어나고 해 지면 호롱불을 켜놓아야 한다. 양쪽 벽면의 커다란 유리창으로 바깥의 석양과 보름달을 감상할 수 있는 조건이다. 보름달이 뜰 때 호롱불을 켜놓고 차를 마시면 말 그대로 '별유천지비인간(別有天地非人間)'이다. 더 좋은 순간은 비 올 때가 아닌가 싶다. 창밖 솔숲에 운무(雲霧)가 피어오르는 장면이 보인다. 매일 보던 앞산이 갑자기 뿌연 운무로 가려 있으면 방 안에 있는 나는 구름 속에 들어와 있는 것 같은 착각이 든다. 그러다가 어느 순간 운무

좌청룡 다실에서 우백호 다실로 향하는 문을 바라본다. 운달산방의 문고리는 유난히 크고 단단하다.

가 서서히 걷히는 모습이 눈에 들어온다. 그러면 기다렸다는 듯이 녹색 청산이 드러난다. 특히 비가 올 때 더 좋은 것은 계곡에서 힘차게 뻗어 내리는 물소리다. 차실에 앉아 있으면 계곡물 소리가 귀를 울린다. 물소리는 근심 걱정을 쓸어내린다.

청산(青山)의 유수(流水)는 만고에도 흘렀고 지금도 흐른다. 생과 사가 이처럼 끊임없이 흐르는 것이다. 언제 단절된 때가 있었던가! 다실에 앉아서 눈으로는 산의 숲에서 피어오르는 운무를 보면서, 귀로는 흐르는 계곡물 소리를 듣고, 입으로는 향긋한 차를 음미하고, 손으로는 관음요(觀音窯)의 도공이 만든 찻잔을 만지작거리는 흥취가 있다. 이 세상에 태어나서 이만하면 되었지, 얼마나 더 바라겠는가!

우백호의 작은 다실에 들어가면 바닥은 다다미로 되어 있다. 몸에 착 달라붙는 듯하다. 예쁜 방이다. 밀착감이라고나 할까. 그러면서도 좌우 유리창으로 보이는 풍경이 큰 다실과는 다르다. 멀리 조산이 보인다. 좌청룡 산맥의 유려한 곡선을 감상할 수 있는 포인트이기도 하다. 필자는 이 방에 처음 들어오면서 이런 느낌이 들었다. "부지차향 불입차실(不知茶香, 不入此室)"이라고 집주인인 법종(法種) 스님에게 써드렸다. '차의 향기를 모르는 사람은 이 방에 들어오지 마세요'라는 뜻이다. 이 방은 비밀의 방이다. 차를 모르는 거친 속한(俗漢)이 이 방에 들어오면 방의 기운을 오염시킬 것 같다는 생각이 들었기 때문이다. 운달산의 정기가 뭉쳐 있는 혈(穴) 자리에 비승비속의 운달산방을 지어 차를 마실 수 있게 한 법종 스님에게 감사드린다.

귀한 차가 사람을 부른다

광주
보한
재

전남 광주 무등산 자락의 아파트 보한재(補閑齋)는 오직 차를 마시는 집이다. 겉으로는 도시의 여느 아파트와 다를 게 없지만, 편백나무로 감싼 다실에 들어서면 마치 깊은 숲 속에 앉아 있는 듯한 여유를 느낄 수 있다. 통도사 스님과의 오랜 인연으로 좋은 차를 모아온 집주인 이병학 씨는 "귀한 차가 있으니 안목 있는 사람들이 멀리서도 찾아온다"며 여느 날처럼 반갑게 손님을 맞는다.

다실 베란다 너머로 숲이 바로 펼쳐져 마치 대청마루에 앉아 있는 듯하다.

중국이란 나라의 정체성을 확립한 시기는 유방이 세운 한(漢)나라 때다. 당시 사용하던 글이 한문(漢文)이고, 그때 읊었던 시가 한시(漢詩)다. 한나라의 전성기는 한무제(漢武帝) 시대였다. 그는 절대 권력을 쥔 황제이면서도 유명한 문장을 하나 남겼는데, 그게 바로 '추풍사(秋風辭)'다. 강에다 배를 띄워놓고 신하들과 함께 잔치를 벌이며 흥에 겨워 지은 매우 낭만적인 글이다. 또 인생의 화려함과 무상함을 모두 겪어본 황제의 심정이 잘 나타나 있는 시(詩)이자 노래다. 이 '추풍사' 가운데 절창이 '환락극혜애정다(歡樂極兮哀情多)'라는 대목이다. "환락이 극에 달하고 나면 슬픈 정만 많이 남는다"는 뜻이다. 황제의 신분이었으니 환락의 극치를 이야기할 수 있는 자격이 있다. 해보고 싶은 것은 무엇이든지 할 수 있는 인생이었을 테니 말이다. 그렇지만 그 환락의 극치 다음에는 슬픔만이 남는다고 노래하였다. 환락 다음에는 슬픔을 피할 수 없는 것이 인간의 감정이란 말인가? 그렇다면 그 환락의 극치는 무엇이었을까 하는 의문도 남는다. 권력의 극치였을까? 남녀교합(男女交合)의 극치였을까? 환호의 극치였을까? 돈의 극치였을까?

오로지 차(茶)를 위한 환락의 공간

필자는 평소 한무제의 '추풍사'를 음미할 때마다 슬픈 정이 남지 않는 기쁨이란 어떤 것이 있을까를 생각해보곤 한다. 즉, 후유증이 남지 않는 즐거움은 어떤 것일까 하고 말이다. 잠정적으로 내린 결론은 좋은 차(茶)를 마시는 일이다. 보한재(補閑齋)는 그 이름처럼 '한가함을 보강해주는 집'이다. 이곳 집주인은 사업을 하는 이병학(50세) 씨다. 돈이 있어도 이를 쓸 줄 몰라서 불행한 사람도 많은데, 그는 돈이 생기는 대로 차를 구입하며

보한재는 차를 좋아하는 광주의 지인들이 정기적으로 모여 차를 마시는 공간이다. 다실을 마련하고 좋은 차를 대접했더니 좋은 사람들이 끊임없이 찾아온다.

인생을 즐기고 있다.

　　　이곳 보한재는 차를 좋아하는 광주의 지인들이 정기적으로 모여 차를 마시는 공간이다. 살림집은 별도로 있다. 순전히 차를 마시기 위한 다실(茶室)인 셈이다. 필자는 광주 사람은 아니지만 인연이 되어 몇 번 이 모임에 참석하여 좋은 차를 마셔보았다. 주로 마시는 것은 중국의 보이차다. 30년 이상 된 노차(老茶)도 등장하는데, 이러한 노차는 근래에 가격이 수십 배로 급등하는 바람에 일반인은 좀처럼 다가서기 어려운 차가 되었다. 먹는 골동품이 되어버린 것이다. 그러다 보니 비판도 많다. '과연 그렇게 비싼 차를 꼭 마셔야 하느냐!'이다. 다행히 이 집주인은 찻값이 본격적으로 오르기 전에 차를 구입한 것이어서, 주변 사람들에게 차 맛을 알려줄 여유가 있다. 그는 사업해서 번 돈을 이런 식으로 주변 사람들에게 쓰고 있었다. 보이차 마니아가 되면 딜레마에 빠진다. 고가의 차를 사 먹자니 살림의 기둥뿌리가 흔들리고, 돈 아끼려고 안 사 먹자니 사는 맛이 없어진다. 딜레마에 빠지지 않으려면 아예 처음부터 이 맛을 몰라야 한다.

　　　보이차 중독자에게 환락의 극치는 바로 40~50년 된 오래된 보이차를 한잔 우려내어 입안에 털어 넣고 음미하는 데 있다. 짙은 갈색의 액체가 목젖을 지나 식도를 타고 위장으로 내려가면서 온갖 반응을 일으킨다. 겨드랑이가 더워지면서 땀이 나기도 하고, 명치 부위가 시원해지기도 하고, 그 향이 목젖에 붙어 있는 것 같기도 하고, 머리의 앞이마 부분, 즉 전두엽(前頭葉)이 맑아지고, 먹고 나면 온몸이 개운해진다. 이런 느낌이 들지 않는다면 그 차는 가짜다. 가짜와 진짜를 구별하는 것은 결국 본인의 몸으로 하는 수밖에 없다. 몸이 그만큼 예민해져야 하는 것이다. 그러려면 차를 1

보한재 곳곳에는 집주인 이병학 씨가 십수 년간 모아온 차가 보관되어 있다. 차는 보이차에 조예가 깊은 통도사의 스님이
소개해 믿을 만하다.

만 잔은 마셔봐야 하는 경험의 축적이 필요하다. 술 담배를 하지 않는다면 차 소믈리에의 자질을 갖추는 셈이다.

얼마 전 보한재에서 1950년대 초반에 만든 홍인(紅印), 송빙호, 문혁전차 7542를 마셔보았다. 이 가운데 천량차(千兩茶)의 맛도 인상적이었다. 보통 32~33킬로그램이 나가는 무게의 천량차는 중국 후난 성의 명차다. 보한재에 보관하고 있는 천량차는 1948년산으로 이 차는 60년 세월을 지나면서 독특하게 발효가 되었다. 찻잎 속에 누런 금가루 같은 곰팡이가 보인다. 한잔 털어 넣으니 목젖부터 화해지는 기운이 느껴진다. 60년의 세월이 만든 보약이라 해도 과언이 아니다. 귀한 차를 마시다 보니 국내에서 이런 정도의 보이차 맛을 감별하고 즐길 만한 애호가들의 얼굴이 생각난다. 같이 마셔 보았으면 하는 아쉬움이 든다. 기경팔맥(奇經八脈)이 뚫려서 차 맛을 발꿈치까지 느끼는 제주도의 다광(茶狂) 도인을 비롯해 남인철병(藍印鐵餅)을 좋아하는 부산의 마니주 선생, 여주의 암자에 사는 천휴(天休) 스님, 대구 쌍어각(雙魚閣)에 계시던 연암 선생, 김포의 허우린 선생이 그런 분들이다.

은은한 편백 향 맡으며 차를 마시는 호사

보한재의 차를 마시는 방은 내부 벽 둘레를 목재로 감쌌는데, 편백나무 판재를 사용했다. 콘크리트 아파트는 딱딱하고 건조한 느낌을 준다. 이 약점을 보완할 자재가 바로 목재다. 이 중에서도 편백은 그 향이 진한 재료다. 편백은 '히노키'라고 해서 일본 사람들이 아주 좋아하는 국민수(國民樹)에 가깝다. 일본 료칸에 가보면 목욕탕에 있는 목간통 재료는 대부

60여 년의 세월 동안 발효를 거쳐 만든 천량차. 잘 숙성되어 마치 찻잎에 금가루가 뿌려진 듯 곰팡이가 피었다.

분 편백일 정도로 그 향이 독특하고 강하다.

우리나라에서는 장성의 축령산에도 50년 된 편백 숲이 조성되어 있어 한국에서도 편백을 구할 수 있다. 편백은 향이 강한 편이라 침실에 깔아놓기에는 부담이 되지만, 거실이나 차를 마시는 차실이라면 그런대로 어울린다. 아파트 벽면이나 바닥을 편백으로 깔아놓으면 건조한 공간을 보완하는 데 꽤 좋다. 우리나라에서 나는 소나무를 써도 좋을 듯싶다. 한국의 자생 소나무 향도 깊은 향일뿐더러, 숲 속에 들어와 있는 듯하다. 돈이 좀 늘더라노 아파트에서 편백이나 소나무 판제를 사용하면 충분히 보상받을 수 있다. 조선시대 만석꾼들은 하인을 시켜 소나무 송진을 채취해 방바닥에 두껍게 깔아놓았다. 송진 한 번 깔고, 그 위에다 솔잎 깔고, 다시 송진 깔고 하는 식으로 반복했다. 이렇게 해놓으면 항상 방 안에 솔 향이 배어 있다. 여름에 모기도 달려들지 않고 방에 들어오면 정신이 쇄락해진다. 하지만 이런 호사는 이제 불가능해졌다.

대신 보한재 다실 바닥은 대리석을 깔아놓았다. 더운 여름에는 돌바닥이 아주 시원한 느낌을 준다. 온난화가 되면서 겨울의 추위보다 여름의 더위가 더 고통이다. 이때 방바닥의 돌은 청량제에 가깝다. 특히 돌은 기운을 머금고 있다. 가장 좋은 돌은 옥이고 그다음이 맥반석인데, 옥이나 맥반석은 가격이 비싸다. 가정용으로는 건축 자재로 가공한 이탈리아산 대리석이 일반적이다. 아파트는 3층 이상으로 올라가면 땅에서 올라오는 지기(地氣)를 아무래도 적게 받을 수밖에 없다. 중년 이전까지는 몸이 건강하므로 높은 고층에 살아도 무방하지만, 중년이 넘어서면서부터는 아무래도 몸의 기운이 약해지므로 땅의 기운을 받는 저층에 사는 것이 좋다. 저층

베란다의 단을 돋우고 한쪽에 목가구를 짜 넣어 아늑한 다실을 완성했다. 혼자 차를 마시기 좋은 공간.

이라고 하면 3층까지다. 부득이하게 고층에 살 경우에는 방 하나는 바닥에 돌을 깔아놓으면 그런대로 보완이 될 듯하다. 차선책으로 생각해볼 수 있는 것이 돌이다. 돌은 지자기(地磁氣)를 전달하거나 머금고 있는 성질이 있기 때문이다. 보일러가 돌아가므로 겨울에도 난방에는 지장이 없다.

　　　　다기(茶器)는 어떤 것을 쓰는가? 음악을 좋아하는 사람은 남의 집에 가서 스피커를 보고, 카메라를 좋아하는 사람은 카메라 기종이 몇 년도 산인지를 본다. 다인은 차호(茶壺)와 찻잔을 본다. 보이차는 중국의 이싱에서 나오는 붉은 돌로 만든 자사호(紫砂壺)를 쓰지만, 이곳 집주인은 국내 도공이 만든 기물을 쓰고 있다. 양산 통도사 앞의 현공도예원에서 만든 작품들이다. 40대 후반의 도공인 현공은 천목(天目)다완을 주로 만든다. 천목은 백자가 아니다. 밤하늘의 은하수를 뿌려놓은 듯 화려한 무늬의 다완이다. 원래 중국 송대에 천목산(天目山) 근처에서 생산하던 물건이었지만, 중국 본토에서는 발전하지 못하고 일본으로 건너가 일본의 사무라이 귀족 계층이 애호했다. '천목다완'이라고 하면 중국에는 없고 일본에서 발전한 다완을 일컫는다. 일본의 차회라고 하면 보통 천목다완을 사용해왔다. 화려한 찻잔의 대명사가 천목인 것이다. 천목 다음에 조선의 '이도다완'이 그 소박함과 질박함으로 일본의 귀족 계층을 사로잡았다. 화려함의 대표가 천목이라면 소박함의 대표가 이도다완이라고 할까. 음과 양을 대표한다. 찻잔도 양쪽 계통을 모두 써보면 중도의 균형을 잡는다. 화려함도 수용하고 질박함도 좋아해야만 사람이 편벽되지 않는다.

다실은 방 전체를 편백나무로 감싸 마치 숲 속에 앉아 있는 듯한 평온한 느낌을 준다.

인생 희로애락이 모두 인연이다

사람 사는 것이 알고 보니 모두 인연(因緣)이다. 복도 사람에게서 오고 재앙도 사람에게서 온다. 보증 잘못 서면 망신당하는 것과 같이 좋은 물건이나 돈 그리고 기쁨도 사람에게서 온다. 이 집주인은 보한재와 같은 다실을 마련해놓았더니 좋은 사람들이 끊임없이 찾아오더란다. 향기 나는 차를 마시는데 흉한 마음을 가진 사람이 오겠는가. 귀한 차를 마시러 안목 있는 사람이 멀리서도 찾아온다. 안목 있는 사람이 오면 대화가 풍성해지고 지혜가 샘솟는다. 지혜 있고 복 있는 사람이 드나들면 또한 복혜(福慧)가 구족(具足)한 사람이 연달아 연결되기 마련이다. 집주인의 차(茶) 선생이 한 분 있었으니, 그 선생은 통도사의 스님이었다. 통도사는 보이차에 조예가 깊은 스님이 여러분 계시는 절이다. 한국 보이차의 메카인 부산과 인접해 있어, 부산에 좋은 차가 들어오면 통도사 스님들에게도 연결되기 마련이다. 스님들이야 처자식이 없는 몸이니 차에 관심을 가질 여건이 충분하다. 그런 고로 통도사는 차에 정통한 스님이 많다.

조선시대에는 초의선사를 배출한 전남의 대흥사(大興寺)나 다산(茶山)이 유배 생활을 한 백련사(白蓮寺)가 차의 중심 사찰이었다고 하면, 21세기에는 영남의 통도사나 범어사가 차의 중심이라고 해도 과언이 아니다. 보한재 주인은 안목 높은 통도사 스님의 인연으로 좋은 차를 장사꾼에게 속지 않고 구입할 수 있었다. 보이차는 하도 가짜가 많고 가격도 천차만별이다 보니 정확한 감식력을 가진 전문가의 안내가 필요한데, 이 감식력을 가진 사람과 만나는 것도 인연 복에 해당한다.

차를 오랫동안 잘 숙성시키려면 일정 습도를 유지하는 것이 관건. 집주인 이병학 씨는 다용도실 뿐 아니라 복도 한켠, 방문 앞, 서재 등에도 차를 빼곡히 쌓아두고 평소에도 꼼꼼하게 관리한다. 서재 책장 양옆에 일렬로 차를 쌓아두니 그 자체로 장식 효과가 있다.

돈이 많으면 뭐 하나. 바쁘고 헐떡거리면서 살 뿐이다. 한국에서 자산이 3백억 원 이상 있으면 그 돈은 자기 돈이 아니다. '사이버 머니'나 다름없다. 장부상 숫자로만 있는 돈이지 자기가 마음대로 인심 쓰면서 쓸 수 없다. 오히려 돈으로 인한 온갖 골치 아픈 문제만 몇 보따리 둘러메고 살아야 할 뿐이다. 1천억 원 이상 있으면 상황은 어떤가. 한국에서 1천억 이상을 벌어서 유지하려면 보통 골치 아픈 일이 아니다. 그 과정에서 자신도 상처를 많이 받고, 자신도 모르게 타인에게 상처를 준다. 이 상처는 누적된다. 에너지가 있을 때는 이 상처를 감당할 수 있지만, 50세가 넘어 배터리가 약해지다 보면 감당할 수 없는 상황으로 몰린다. 그러다 보니 1천억 이상 가진 사람 중의 50%는 밤에 수면제를 먹는다고 한다. 밤에 잠이 오지 않는 것이다.

　　보한재 주인은 복도 있고 결과적으로 지혜도 있다. 귀한 보이차를 손에 넣는 것도 인연이고, 그 차를 주변 사람들과 나눠 먹는 것도 복을 쌓는 일이다. 힌두교에서는 사람이 50세가 되면 임서기(林棲期)에 들어간다고 한다. 집을 떠나 동네 뒷산에다 허름한 집을 하나 지어놓고 그곳에서 생활하는 것이다. 무등산 자락의 보한재는 21세기형 '임서기'인 셈이다.

건축가는 자신이 사는 집으로 자신의 공력을 보여준다

통
의
동

목
련
원

경복궁 담벼락과 마주한 통의동 골목길에 건축가 황두진 씨의 집 '목련원'이 있
다. 북촌의 내로라하는 한옥을 지으며 '건물은 제2의 자연이다'라는 명제를 도출
한 건축가는 사무실이자 주거 공간으로 터를 일구고 살던 그곳에 3층짜리 집을
짓고 사랑방을 만든다. 인왕산과 북악산 등 명산에 둘러싸인 사랑방에 앉으니
마치 숲 속 터널에 와 있는 듯 머리가 맑아진다.

신축한 사랑채의 사랑방 창문 너머로 경복궁 영추문이 바라보인다.

가운데 중정이 있는 ㅁ자 구조의 목련원. 다리를 중심으로 왼쪽은 건축 사무실과 주거 공간이, 오른쪽은 서재와 사랑방이
자리한다.

공자는 자신의 공부 과정을 '하학이상달(下學而上達)'이라고 표현한 적이 있다. 하학은 형이하학이다. 밑바닥 공부부터 시작하여 나중에는 고준한 경지에 도달하게 되었다는 말이다. 보편적인 과정이다. 이를 카를 마르크스(Karl Marx)식으로 이야기하면 하부구조와 상부구조론이다. 하부구조가 어떻게 생겼느냐에 따라 상부구조가 결정된다는 이론이 마르크스의 생각이다. 일차적으로 하학이 상달보다 더 비중을 차지한다는 관점이다.

건축가 황두진 씨는 그 사람이 사는 집의 구조가 어떻게 생겼는지 그 사람의 성격과 팔자로 알 수 있다고 주장한다. 보통 집을 보면 집을 지은 사람을 알 수 있다. 집 구조가 복합적이면 대개 그 사람의 사고도 복합적이다. 공간이 다양하면 생각도 다양하다는 명제가 도출된다. 공간이 단순하면 그 사람의 성격이나 취향도 단순할 수 있다. 또한 공간이 화려하면 성격도 화려하다. 물론 이와 반대인 경우도 있다. 사고방식이 다양하면 공간을 다양하게 만든다. 인간의 생각이 공간을 지배하는 셈이다.

그러나 건축가는 후자의 입장보다는 전자의 입장에 선다. 이는 건축 공간을 중시하는 노선 때문이다. 건축가의 역할을 좀 더 적극적으로 밀고 나간다면 '건축가는 생태계를 만들어주는 사람'이라는 게 건축가 황두진 씨의 지론이다. 필자와 황두진 씨는 2005년 뉴욕에서 출발하여 LA까지 오는 10일 동안 미국 횡단철도를 같이 타고 여행하면서 오만 가지 이야기를 주고받은 사이다. 기차에 누워 많은 갑론을박이 있었다. 그때 들은 이야기가 '공간이 사고를 지배한다'는 이론이다.

다목적공간으로 활용하는 지하 회의실. 황두진건축사무소에서 주관하는 영추문화제등 각종 포럼이 열리는 장소다.

사랑채 3층 옥상에 오르면 정면으로 인왕산이, 오른편으로 북악산이 펼쳐진다.

집과 사랑채 서재를 연결하는 통로에 집주인 황두진 씨의 개인 사무 공간이 있다.

건축가의 공력이 느껴지는 'ㅁ'자 집

이렇게 과감하게 말하는 건축가의 집은 어떻게 생겼는가? 사람은 자기 말에 책임을 져야 한다. 건축가로서 자신이 어떤 집에 사느냐는 직업적으로도 중요한 문제다. 대개 유명한 장인도 고객에게는 좋은 작품을 만들어주면서 자기 집에는 볼품없는 작품만 갖다놓고 사는 경우를 여러 번 보았다. 황두진 씨의 집은 서울 경복궁 서쪽 대문인 영추문(迎秋門) 건너편에 있다. 통의동이다. 이방원이 자기 이복동생들을 죽이는 왕자의 난을 일으킬 때 바로 이 영추문을 통해 대궐로 신입했다고 한다. 서쪽 문은 오행으로 금(金)이고, 금은 의(義)에 해당한다. 자신의 거사가 의로운 일이라는 명분을 세우기 위해서였다. 이 집터는 영추문 바로 건너편에 있는데, 조선시대에는 관상감(觀象監)의 대루원(待漏院)이 있었던 자리다. 이 통의동 일대는 주로 궁궐에 근무하는 중인 계급이 거주하던 동네라고 전한다. 역사적으로는 조선 왕조 5백 년의 스토리가 짙게 깔려 있는 터다.

황두진 씨의 집은 튼 'ㅁ'자 집이다. ㅁ자 집이기는 한데 한쪽이 약간 트여 있다. 대지는 377제곱미터(114평), 건평은 462제곱미터(140평). 본관은 2층이고 신관은 3층인데 이 두 건물은 다리로 연결된다. 본관 1층에는 안내실이 있고, 그 옆방에는 직원들 7~8명이 근무하는 설계 사무실과 회의실이 자리 잡고 있다. 2층은 살림하는 주거 공간이다. 신관 1층에는 약 20제곱미터(6~7평) 규모의 카페가 있다. 직원들이 수시로 차 한잔하면서 쉬는 공간이기도 하다. 옆에는 아주 아담한 공간의 별도 사무실이 하나 있다. 동업자 1인이 근무하는 독립된 사무실이다. 13제곱미터(4평) 정도 규모로 집중력이 배가되는 공간이다. 사실 필자처럼 아이디어와 글쓰기로 밥벌어

마당에서 지하 요새로 통하는 문. 설치물 아래 레일을 만들어 힘껏 밀면 스르르 문이 열리며 계단이 나타난다.

먹고 사는 사람은 이처럼 작은 공간에서 일하는 것이 효율적이다.

신관 2층에는 서재가 있고, 신관과 본관을 연결하는 '구름다리'에 해당하는 지점에 바로 황두진 씨의 집무실이 자리한다. 3층에는 아담한 침실이 하나 있다. 화장실과 샤워실 그리고 붙박이장 안에 작은 주방을 갖춘 깔끔한 공간이다. 접빈객을 위한 곳으로 외부에서 중요한 손님이 오면 호텔이나 여관보다 내 집에서 주무시도록 하는 것이 훨씬 편하게 손님을 대접할 수 있어 신경 써서 만든 공간이다. 손님이 없을 때는 선실(禪室)로 이용한다. 명상하는 공간인 것이다. 그리고 시하실이 있다. 약 33제곱미터(10평) 규모의 지하는 다목적 공간이다. 이 집의 대강 구조는 이렇다. 살림하는 주거 공간과 사무실이 붙어 있고, 구관과 신관이 연결되면서 그 중간에 자연스럽게 마당이 놓여 있다. 어느 공간이든지 그 시선이 마당을 향하도록 되어 있는 셈이다.

"튼 ㅁ자 구조는 어떤 의도로 지었는가?" "집 자체가 조그만 마을과 같은 다양한 공간이 나오도록 의도했다. 이쪽 구석에서 길 건너 저쪽 구석을 쳐다보는 구조다. 이쪽 사무실에서 길 건너의 방을 쳐다보면서 일할 수 있다. 이게 묘한 기분을 준다." "묘하다는 것이 무엇인지?" "서로 떨어져 있으면서도 시선은 바라볼 수 있는데서 오는 감정이다. 같이 있는 듯하면서도 떨어져 있고, 떨어져 있는 듯하면서도 붙어 있는 느낌이다. 이게 어떤 공부 효과를 주는 듯하다. 또는 마당이 중간에 있으므로 중정(中庭) 역할을 한다. 중정이 있는 집은 아무래도 거주하는 사람의 시선이 바깥보다는 내부를 향하도록 한다. 내부를 향한다는 것은 의식 세계가 내면으로 향한다는 이야기와 같다. 집중력이 높아지고, 사색적이 된다고 할까. 그러면서

수심 2미터가 넘는 깊은 수조에서 잉어들은 월동을 한다. 질기고도 영험한 생명력으로 이 집과 또 다른 역사를 만들어갈 것이다.

안정감도 있다. 밖이 변화라고 한다면 안은 침잠이다. 현대인은 너무 바깥의 변화를 좇다 보니 내면이 공허할 수밖에 없다. 중정이 있는 집은 이러한 허함을 보완해준다고 믿는다."

"동양 풍수에서는 동서남북이 산으로 둘러싸인 터가 도읍지에 적당하다고 여겼다. 신라 시대의 경주가 네 방향에 산이 있는 지형이었다. 조선의 한양도, 후 백제의 전주도 그러한 입지 조건이었다. 동양의 우주관에 따르면 동서남북 네 방향은 청룡, 백호, 주작, 현무라는 사신수(四神獸)로 인격화한다. 네 방향을 네 마리의 신수(神獸)가 지키고 보호한다고 생각했다. 중정이 있는 ㅁ자 집은 풍수적 '사신수'를 축소한 셈이다. 안정감을 주는 것이다. 이것에 대해 어떻게 생각하나?" "그렇다면 서울은 거대한 중정(中庭) 도시다. 중정이 있는 집은 방향마다 시선이 바뀐다. 예를 들면 일출과 일몰의 각도가 계절마다 어떻게 변하는지를 알아차릴 수 있다. 햇볕이 들어오는 각도가 모두 다르다. 이를 바라본다는 것이 사는 사람의 감정에 변화를 일으킨다. 중정이 없는 집과 있는 집의 차이가 이것이기도 하다." "건축가로서 남의 집만 짓다가 자기가 살 집을 지어보니 심정이 어떤가? 과부 사정을 알겠는가?" "역시 자기 집을 직접 지어본다는 것은 건축가로서 중요한 일이다. 체험에서 내공이 나온다. 고객의 애로 사항과 고통을 실감나게 체험하는 계기였다. 특히 건축가 자신은 아파트에 살면서 아름다운 집을 지으라고 이야기하는 것은 모순이라는 생각이 든다."

중정, 다리, 사랑방의 낭만과 예술혼이 펄떡인다

이 집에서 필자가 가장 인상 깊게 본 부분은 황두진 씨의 집

신관 2층 서재 맞은편은 바닥이 투명 강화유리로 되어 있어 2층에서도 중정이 바라보이는 구조. 그동안 진행한 건축물의
모형과 컬렉션 한 의자가 전시되어 있다.

무실이 놓인 위치다. 양쪽 건물을 연결하는 중간 다리에 자신의 책상과 컴퓨터를 배치한 점이다. 2층 높이로 앞에는 경복궁 영추문이, 뒤에는 인왕산이 자리한다. 동서남북 교차로에 책상이 있다. 어떻게 보면 바다를 항해하는 배의 함장이 운전대를 잡는 조타실 같은 위치이기도 하다. 다리(bridge)라는 것이 무엇인가? 연결 고리 아닌가. 이를 《주역》에서는 '이섭대천(利涉大川)'이라고 표현한다. 큰 냇물을 건너는 것이 좋다는 뜻이다. 문제는 건너야 한다는 것인데, 건너려면 다리가 있어야 한다. 다리가 있어야 불은 물이 되고, 물은 불이 된다. 상단전(上丹田)은 하단전(下丹田)이 되고 하단전은 상단전이 된다. 부자가 되었다가 빈민이 되어보기도 하고, 빈민이 부자가 되어보기도 한다. 건너야만 역지사지(易地思之)가 된다. 다리야말로 창조적 사고의 장치가 아닌가. 중정이 있는 집이 반대편을 시각적으로 바라볼 수 있는 구조이듯이, 양쪽 건물을 연결하는 다리에다 사무실을 배치했다는 것은 기제(旣濟)와 미제(未濟) 그리고 선천(先天)과 후천(後天)을 자유롭게 오가겠다는 무의식의 표현일 것이다.

　　　　이 집에서 또 하나 시선을 사로잡는 공간은 신관 3층에 있는 사랑채다. 대부분 아파트에 살다 보니 다른 사람의 집을 방문하는 것이 상당한 부담이 되었다. 밖에서 만나 밖에서 밥 먹고, 밖에서 잔다. 모든 것을 밖에서 처리한다는 것은 상대를 사무적으로만 만나고, 깊게는 만나지 않겠다는 표시이기도 하다. 이는 현대사회가 너무 많은 인간관계를 맺는 상황에서 발생한 것으로, 피곤을 줄이기 위한 자기방어책이라고 할 수 있다. 대충 밖에서 처리해야 편한 것이다. 그러나 안에서 처리해야 할 상황도 있다. 이를 위해 사랑채가 있어야 하는 것이다. 아파트는 편리하기는 한데 접빈(接賓)의

공간 곳곳에 그동안 설계한 주택 모형을 진열해놓았다. 가장 왼쪽에 있는 모형이 신관을 짓기 전 목련원의 형태다.

즐거움을 누릴 수 있는 깊이가 없는 구조다. 조선시대 상류층인 양반의 2대 업무가 바로 접빈객(接賓客), 봉제사(奉祭祀)였다. 봉제사가 수직적·종교적 업무라면 접빈객은 수평적 인간계의 업무였다. 접빈객을 통하여 삶의 보람을 느끼고, 교류의 즐거움이 생기는 것이다.

이 집의 3층 방은 손님이 묵어가는데 불편함이 없도록 설계했다. 우선 독립된 공간이 눈에 띈다. 화장실과 샤워실이 완비되어 있고 벽면이 통유리로 되어 있어 인왕산, 청와대 뒤의 백악봉 그리고 경복궁의 담벼락이 바라다보인다. 특히 녹음이 우거진 6·7월이면 나무 이파리가 우거져서 밖을 바라다보면 깊은 숲 속 터널에 들어가 있는 듯한 느낌이 든다. 도심 한복판에 있으면서도 녹색 샤워를 하게 해준다. 서울이 지닌 명산의 풍경과 경복궁이라는 궁궐이 주는 역사성 그리고 집주인의 배려가 어우러진 공간이다. 이런 방에서 2~3일 묵어가면 그 손님은 충분히 대접받았다는 생각을 분명히 할 것이다. 황두진 씨는 손님이 없을 때는 소나무 분재를 한쪽에 배치하고 돗자리를 깔아놓고 명상을 한다. 집주인이 별도 공간에 들어와 휴식을 취하는 공간으로 변모한다. 이 집의 마당 입구에 팔뚝만한 잉어 열댓 마리가 사는 유리 수족관이 설치되어 있어 이 선실과 조화를 이룬다.

집주인은 미국 예일대에서 현대건축을 공부했으면서도 한국에 돌아와 서울 북촌에 멋진 한옥을 여러 채 지은 사람이다. 한옥을 지으면서 많은 공부를 했다고 고백한다. 양·한방 합종이다. 그가 한옥을 지으며 얻은 결론은 '건물은 제2의 자연이다'라는 명제다. 이 집의 중정, 다리, 사랑방은 건축가 집주인이 터득한 그러한 명제를 반영한 곳이다. 건축가는 자신이 사는 집으로 자신의 공력을 보여주어야 한다.

내시경으로 본 화가의 방

김
영
택
화
백
의

작
업
실

디자이너에서 펜화가로, 쉰 살이 되어 세계 곳곳으로 펜 끝 기행을 펼치고 있는
김영택 화백. 그의 펜화에는 수십만 번의 손길이 가야 하는 정교함과 실물을 재
해석해내는 디자인적 감각이 필요하다. 이러한 감각을 키우고 미감을 재해석해
내는 그의 내공은 바로 작은 소품에서 나온다. 작업에 필요한 아이디어는 물론,
지칠 때 위안까지 얻는다는 그의 컬렉션을 '내시경'으로 세밀하게 들여다보았다.

오피스텔 안의 작은방 다래헌. 펜화가 김영택 씨는 이곳에서 차를 대접하고 손님을 위해 작품 영인본에 덕담과 사인을 해준다.

'경(鏡)'에는 두 가지만 있는 줄 알았다. 현미경과 망원경. 미세한 것을 보거나, 아니면 멀리 있는 것을 보는 거울이다. 그러다가 40대 중반이 넘어서면서 이 두 가지 거울보다 훨씬 센 거울이 하나 더 있다는 사실을 몸으로 깨달았다. 바로 내시경이다. 중년이 되니까 더러 병원에 가서 검진 받을 일이 생기고, 대장이나 위장 상태의 검진에는 응당 내시경이 동원됐다. 자기 몸속을 들여다보는 일이야말로 현미경이나 망원경보다 더 중요하다. 중년에 알게 된 거울이 내시경인 것이다. 집을 보러 다니는 일도 그렇다. 그 집의 터를 보는 풍수는 망원경 작업이다. 집의 이면 부분을 세심하게 살펴보는 일은 현미경으로 보는 작업에 해당한다. 그러나 집 밖이 아니라 집 안 내부, 내부 중에서도 어떤 부위만 집중해서 세밀하게 볼 필요가 있을 때 꺼내는 것이 바로 내시경 작업이다.

　김영택 화백은 펜화로 유명하다. 펜으로 아주 세밀하게 그린 여러 문화재 그림은 사진과 그림을 합해놓은 장르다. 사진이 주는 사실감과 그림이 주는 조망성을 동시에 지니고 있다. 그는 펜화 한 장을 그릴 때마다 약 50만 번에서 70만 번의 선을 긋는다. 1밀리미터 안에 5번의 선을 그을 만큼 아주 세밀한 그림이다. 그래서 짝퉁이 나오기 어려울 정도라고 한다. 이렇게 세밀하고 정교한 그림을 그리는 사람의 작업실은 어떠할까? 내시경과 현미경을 들이대고 그 작업실을 들여다보았다. 작업실 이곳저곳에 가지 아기자기하고 재미있는 소품과 물건, 장난감, 골동품이 많았기 때문이다.

20여 년 전 내용이 좋아 구입한 현판 '다래헌'.

영성을 맑게 해주는 작은 집, 작은 물건

나도 여러 특이한 사람을 많이 만나보았지만, 이렇게 조그만 물건을 지극히 좋아하는 남자는 처음 보았다. 남자가 이러한 여러 가지 물건을 소장하고 있다는 것은 내면이 그만큼 재미있다는 것을 뜻한다. 어떤 물건을 소장하느냐는 그 사람의 내면이 무엇을 지향하는가에 달려 있다. 그러므로 물건을 보면 그 사람 내면이 드러나고, 어디서 아이디어를 얻는지를 알 수 있고, 미의식의 중심이 어디에 있는가를 짐작할 수 있으며, 한발 더 나아가면 팔자(八字)까지 나타난다고 본다. 말하자면 격물치지(格物致知)인 것이다.

먼저 그의 작업실 앞에 붙은 다래헌(茶來軒)이라는 현판이 눈에 띤다. 20년 전에 그저 내용이 좋아서 구한 현판이라고 한다. 불상은 북위시대 오석(烏石)에 조각한 불상으로 천진하게 웃는 모습이 좋아서 구한 것이다. 인간이 부처와 법상을 머리에 이고 있는 모습도 특이하고, 상단에 악기를 연주하는 악사 두 명과 술병을 들고 춤을 추는 사람이 별나 보이는 점이 인상적이다. 필통은 펜화를 그리다 보니 여러 가지 펜을 사용하는 일이 직업이고, 이 펜들을 보관하려다 보니 필통이 필요했을 뿐인데 결국엔 필통 수집으로 이어졌다. 김영택 화백은 현재 약 1백여 개의 필통을 소장하고 있다. '조선백자 호랑이 문양 투각 필통', 청나라의 '매화문 목제 필통', 고암(顧菴) 이응로(李應魯) 선생이 만든 '용 조각 청동 필통' 등이 대표적이다.

골동품과 현대작품을 구분하지 않고 모았으며 차통과 도자기도 많다. 대개 차통은 그 재료가 귀목인데, 느티나무를 말한다. 구스목

그가 정신을 집중하고 싶을 때 쓰는 죽장도.

차통도 있는데, 구스목은 동남아시아 밀림에서 벌채하는 나무로 색깔이 불그스름하면서 아주 단단해 매우 고급 재료에 속한다. 보통 이 구스목을 '화류목(樺榴木)'이라고 부르는데, 화류장을 만들 때 쓰던 목재가 바로 화류목이다. 문갑 위에는 도암(陶菴) 지순탁(池順鐸) 선생이 만든 백자 술병이 놓였고, 고려 분청사기 사발이 그 옆에 나란히 자리했다. 반닫이도 겹겹이 쌓여 있다. 반닫이 3개 중 가운데 소나무 반닫이는 김영택 화백이 직접 만든 것인데, 홍대에서 목칠공예를 전공한 덕이다. 김화백은 그저 반닫이가 좋아서 이 작은 오피스텔에 8개나 소장하고 있다. 반닫이는 습기가 차지 않아서 카메라 등을 보관하기에 안성맞춤인 데다 외양이 아름답고 물건이 많이 들어가는 장점이 있다. 숭숭이 반닫이 위에는 높이 46센티미터인 조선 청화백자 '용충항아리'가 놓여 있는데, 형태가 완벽하고 그림 솜씨가 뛰어난 분원 자기다. 방 한쪽 낮은 반닫이 위에 자리한 달항아리는 높이 41센티미터, 지름 39센티미터인데 그 색감이 서민적이다. 백자 연잎형 향꽂이는 설봉 스님이 만든 작품이다. 그는 펜화를 그리기에 앞서 향을 먼저 피운다. 머리가 개운해지는 느낌 때문에 주로 침향을 좋아한다. 지통은 나무의 썩은 속을 파내고 만든 자연산 작품으로, 이곳을 다녀간 많은 이가 탐내는 것이다.

개다리소반 위에는 거북 받침에 연잎 광배를 갖춘 등잔대와 해주 소반이 놓여 있다. 구스목을 파내 만든 함지박도 있는데, 이는 각종 차를 보관하는 데 유용하다. 목검과 죽장도(竹杖刀)도 있다. 화류목으로 만든 목검은 손잡이 부분의 용 조각이 매우 미려한데, 펜화 작업을 하다 정신이 산만해지면 목검을 들고 미동도 하지 않은 채 칼끝에 정신을 집중한

현관 입구에 있는 2층장과 김화백의 작품 '금강산 보덕암'.

다. 그러고 나면 잡념이 없어지고 기가 충만해진다고. 죽장도는 한국 최고의 환도장(環刀匠) 홍석현 선생이 만든 휴대용 호신도로, 혜문 스님의 사업을 돕는 바자회에서 3백만 원을 주고 구입했다는데, 정신을 집중하는 데는 목검보다 효과가 더 좋다. 기실은 늙으면 지팡이 겸 호신용으로 쓸 의도다.

반닫이 위에는 소형 범종이 자리 잡고 있다. 그림을 시작하기 전 향을 피우고, 향을 피운 다음에는 타종한 후 본격적인 작업에 들어간다. 타종을 하면 맑고 강한 쇳소리가 정신을 번쩍 들게 한다고. 작업 도중 정신이 산만해질 때에도 타종을 하면 머리를 일깨우는 효과가 있다. 세밀한 작업은 무엇보다 정신 집중이 중요한 법이라, 강한 쇳소리가 정신을 일깨우면서 집중시켜주는 효과가 있다. 금붕어도 키운다. 그것도 작은 돌확에…. 자연석인 강돌의 3분의 1을 자르고 그 속을 파내 수초를 띄워 작은 물고기를 거뒀다. 외출도 못 하고, 장시간 실내에서 작업만 할 때는 이 물고기를 보는 일이 작으나마 위안을 준다.

카메라, 고가구, 조각… 컬렉션은 치유와 위안

펜화를 그릴 때는 일단 현장에 가서 디지털카메라로 사진을 찍는다. 작업실에 돌아와 디지털카메라에 담아온 사진을 컴퓨터 화면에 띄워놓고 보면서 그린다. 모니터의 확대 기능을 이용하면서 더욱 섬세하게 그릴 수 있게 되었다. 펜대 10개를 꽂을 수 있도록 스스로 고안한 펜 꽂이는 그 장점 때문에 문구 회사에서도 관심을 보이고 있다. 펜화를 그리는 데 사용하는 펜촉은 굵기별로 10여 가지를 사용한다. 가장 가는 펜촉은 '타치가이'사의 크로킬 펜으로 0.1~0.3밀리미터의 선이 나온다. 이보다 더 가

김화백이 컬렉션 한 캐논 카메라.

는 선이 나오게 하기 위해 펜촉을 사포에 갈면 약 0.04~0.05밀리미터의 선을 그을 수 있다. 이 미세한 펜촉을 만드는 작업을 할 때는 20배율의 돋보기를 대고 사포에 간다. 잉크의 농도를 측정하기 위해 100배율의 광학 돋보기를 사용하는 것도 독특하다. 아주 세밀한 펜화를 그릴 때에는 형광등이 옆에 붙은 3배율 대형 확대경으로 들여다보면서 그림을 그린다. 잉크 중에서도 먹 잉크는 건조가 빠른 편이다. 펜화를 그리는 데 사용하는 보조 수단이 카메라이다 보니 카메라에, 특히 캐논에 관심이 많다.

　　　김화백은 그림에 앞서 디자인 전문가였다. 그는 과거에 삼성 SF-250 카메라를 디자인했다. 그때부터 카메라에 관심을 갖기 시작해 현재 2백여 대를 보유하고 있다. 전통 주석장을 현대적으로 디자인한 이층장을 카메라 보관하는 수납장으로 사용한다. 캐논 카메라는 수집하는 이가 별로 없어 원하는 제품을 좋은 가격에 구입할 수 있다며 컬렉션의 소소한 즐거움을 이야기한다. 작업실 입구의 왼쪽에는 2층 책장, 오른쪽에는 백동 장식의 오동나무 2층 농이 자리하고 있다. 2층 농은 디자인이 간결하면서도 아름답고 품위가 있다. 농 위에 놓인 조각상은 캄보디아의 어느 사원 문틀 위에 있던 상인방 조각으로, 3마리의 코끼리를 타고 있는 비슈누(Vishnu)인데 디자인적 상상력을 자극하는 조각상이다. 책장 옆에는 모자가 걸려 있는데 현장 취재를 다니다 보니 햇볕에 노출되면 얼굴이 타고, 검버섯이 생기기 십상이라 이를 방지하기 위해서 꼭 챙긴단다. 현재 겨울용 모자까지 포함해 10여 종의 모자를 가지고 있다.

　　　한국에서 펜화라는 독보적인 경지를 개척한 김영택 화백. 그의 펜화에는 수십만 번의 손길을 거쳐야 하는 정교함과 실물을 재해석해내는

'금강산 보덕암', 종이에 먹펜, 43×6cm, 2009

디자인적 감각, 그리고 사물을 있는 그대로 찍어내는 사진 작업이 필요하다. 이러한 감각을 키우고 미감을 재해석해내는 그의 내공은 어디에서 오는 것일까? 그 해답 중 하나는 여러 가지 소품이었다. 카메라, 필통, 차통, 죽장도 등 그가 컬렉션 하는 소품에서 아이디어를 얻고, 작업에 필요한 도움도 받고, 지치면 휴식을 얻고, 손으로 만지고 애완하며 즐거움도 느낀다. 이런 문제의식을 가지고 그의 작업실 소품들을 찬찬히 둘러본 것이다. 망원경이 아니라 내시경을 들이대고 김화백을 들여다본 셈이다. 때로는 내시경으로 사물과 사람을 볼 필요가 있다. 특히 작품을 만들어내는 작가의 직업실을 살피는 데는 이러한 내시경이 더욱 효과를 발휘한다는 생각이 든다.

미륵산 자락에 음악회 열린 날

통
영

고
은
재

통영 미륵도에 자리 잡은 고은재(顧恩齋)는 김병헌·김은하 씨 부부가 양가 부모님을 모시고 살기 위해 지은 효심 가득한 집이다. 통영 시내의 알 만한 사람들이 이틀이 멀다하고 찾는 마을 살롱과 같은 곳이다. 아내는 맛있는 음식으로, 남편은 감미로운 기타 선율로 사람을 불러 모은다. 한여름 태풍도 무더운 바닷바람도 빗겨간 8월의 어느 토요일 저녁, 미륵산 자락 너머로 추억의 기타 연주와 가야금 선율이 울려 퍼졌다.

경남 통영시 산양읍 남평리. 조그만 화산이 폭발하여 생긴 분지에 터를 잡은 마을. 그 초입에 자리한 고은재는 마치 마을이 폭 감싸고 있는 형태다. 2011년 8월, 김병헌 김은하 부부는 음악회를 마련했다. 통영 사람뿐 아니라 전국에서 모인 1백여 명의 손님이 맛깔난 음식에, 구수한 가락에, 솔솔 불어오는 해풍에 흠뻑 취했다.

윗마을에서 내려다본 집의 뒷모습. 사돈지간인 두 어머니가 지내실 독립된 공간을 확보하기 위해 거실을 중심으로 양 날개 공간을 강조했다.

옛사람들이 말하는 오복(五福) 가운데 하나가 고종명(考終命)이다. 고종명은 웰 다잉(well dying)으로, 죽을 때 잘 죽는 복을 말한다. 잘 죽는다는 것은 이승에 대한 애착이나, 섭섭함이나, 미련이나, 원한 없이 가는 것을 뜻한다. 천상병 시인의 말마따나 "소풍 와서 잘 놀다 간다"고 하며 죽어야 고종명이다. 원한을 품고 죽으면 잘 못 죽는 것이다. 갑자기 사고로 죽으면 미처 감정을 정리하지 못하는 경우가 많아 귀신이 되어 구천을 떠도는 수가 있다. 죽을 때 잘 못 죽으면 그 한(恨)이 살아 있는 후손에게까지 영향을 미쳐, 후손들 하는 일에 장애로 작용할 수 있다. 죽은 조상과 살아 있는 지손은 영계(靈界)를 통해 거미줄 같이 서로 연결되어 있기 때문이다. 본인이 죽었다고 모든 것이 끝나는 게 아니라, 그 후유증이 이승에 살고 있는 관련자들에게 영향을 미치기 때문에 고종명이 중요한 의미를 지니는 것이다.

　　하지만 요즘 일본에서는 혼자 죽는 고독사(孤獨死)가 급증하고 있다. 옆에 아무도 없이 혼자 쓸쓸히 삶을 마감하는 것도 잘 못 죽는 죽음에 해당한다. 이건 고종명이 아니다. 눈감을 때 옆에 사람이 있어야 한다. 죽어가는 사람을 안심시켜주고 위로해주어야 죽는 사람도 쉽게 먼 길을 떠날 수 있다. 현대인은 '고종명'이 아닌 '고독사'로 생을 마감해야 하는 것인가? 핵가족의 비극이고, 혼자 사는 1인 가정의 비극인 것인가. 그러다 보니 잊혀가는 대가족 제도가 그리워진다. 아버지 어머니, 아들 며느리, 손자 손녀가 같이 사는 대가족 제도에서는 최소한 고독사는 없을 것 아닌가. 서로 지지고 볶더라도 어울려 같이 사는 삶이 나은 거 아닌가? 그렇다면 요즘 어디에 대가족이 있는가? 통영의 고은재(顧恩齋)는 '부모님의 은혜를 되돌아본다'고 해서 붙인 이름이다. 시어머니뿐만 아니라 혼자되신 친정어머니까지 함

1층 거실 한 편에 마련한 다실.

께 살려고 지은 집이 고은재다. 애초부터 양가 어머니를 같이 모시고 살려고
지은 집이라 더 의미가 있다.

인생 희락(喜樂)을 위한 소박한 무대

양가 어머니를 위한 독립된 공간을 확보하기 위해 이 집은 아
래층 거실을 중심으로 양 날개 쪽 공간을 강조했다. 양쪽 날개에 방을 들이
고 욕실과 화장실 그리고 드레스룸을 각각 만들었다. 좌청룡 날개 방에는
시어머니가 머무르고, 우백호 날개 방에는 친정어머니가 기거한다. 본인들
부부는 2층에서 생활한다. 세 군데 구역이 모두 독립되어 있는 셈이다. 양가
어머니가 거처하는 양쪽 날개방에는 각각 낮은 매입식 욕조와 샤워실을 갖
춘 화장실을 설치했다.

나이 들면 사람이 그립다. 사람이 오고 가야 좋은 집이다. 고
은재는 통영 시내의 알 만한 사람들이 자주 놀러 오고 들락거리는 살롱 역
할을 한다. 현관문 옆에 목조로 된 덱을 장착해 임시 무대로 활용하기도 한
다. 인근의 지인들을 초대해 간단한 음악회도 여는 공간이다. 마침 필자가
두 번째 방문한 날에 음악회가 열렸다. 기타리스트와 가객(歌客)이 무대에
나와 음악과 노래를 부른다. 사람 냄새가 난다. 살면서 희로애락(喜怒哀樂)
을 겪지만 요즘 한국 사람의 삶은 노(怒)와 애(哀)만 있고, 희(喜)와 낙(樂)이
없다. 분노와 슬픔만 있고 기쁨과 즐거움은 없다. 이게 사는 것인가! 노와
애는 노력하지 않아도 저절로 찾아온다. 제발 오지 말라고 해도 온다. 그러
나 희와 낙은 노력해서 오도록 해야 한다. 가만히 있으면 희락은 오지 않는
다. 적극적으로 오도록 노력해야 한다. 삶에 이 희락(喜樂)이 있어야만 노애

부모님 방에는 건강을 위해 습도 조절을 하는 친환경 아트월을 시공했다.

(怒哀)를 상쇄할 수 있다. 상쇄하지 못하면 병들기 마련이다. 희락은 먹고 노는 것으로 노는 것도 내공이 있어야 논다.

　　　　노는 데는 역시 음악이다. 중년을 달래주는 악기는 필자가 보기에 첫째 색소폰이고, 둘째 기타, 셋째 대금이다. 색소폰 소리를 듣다 보면 가슴 깊은 곳에 뚫려 있는 구멍이 메워지는 느낌이다. '해놓은 것 아무것도 없는데 인생 가버렸구나' 하는 한탄을 위로해주는 데는 색소폰 소리가 좋다. 그다음 기타 소리는 경쾌함을 준다. 어차피 흘러간 인생을 지금 와서 돌이킬 수도 없다. 현재를 즐기자. 기타 소리는 명랑과 긍정을 주며, 대금 소리는 평화를 준다. 이 세 가지 악기 소리를 자주 들어야만 건강을 지킬 수 있다. 고은재는 이 악기 소리를 자주 들을 수 있도록 애당초 마당에 공연 무대용 덱을 만들어놓았다. 주인 부부의 탁월한 선택이다.

　　　　치과 의사인 남편(김병헌)은 기타로 사람을 부르고, 아내(김은하)는 요리로 사람을 부른다. 부창부수(夫唱婦隨)는 이럴 때 하는 말이다. 집 안에 사람을 불러들이는 데는 남편보다 아내의 역할이 더 크다. 이 집 안 주인인 김은하 씨의 사주팔자를 보니 자(子), 오(午), 묘(卯), 유(酉)가 모두 들어 있다. 이게 들어 있으면 '왕비 팔자'라고 본다. 사람을 불러들이는 매력이 있다. 즉, 포용력이 있다는 말이다. 그 포용력은 요리 솜씨로 나타난다. 궁중 요리도 배우고 떡도 배우고 여기저기 요리 잘한다는 명인이 있으면 달려가서 그 맛을 배우는 데도 열심이다. 요리 잘하는 사람의 공통점이 바로 반드시 다른 사람에게 음식을 먹이고 싶어 하는 기질이다. "소금 먹은 사람이 물을 켜기 마련이다"는 속담도 있지 않은가! 먹을 것이 있어야 그 집을 찾는 법이다. 먹이는 거 좋아하는 집안이 망했다는 소리는 들어본 적이 없다.

왼쪽 : 지붕 사이 공간을 노천탕으로 활용한다. 오른쪽 : 온 가족이 가장 좋아하는 찜질방.

중정, 다실, 온돌방, 덱까지

고은재는 대지 3306제곱미터(약 1500평)이고, 건평은 1층이 225제곱미터(약 68평), 2층이 79제곱미터(약 24평)이다. 시골이라 땅값이 싸서 터를 넓게 잡았다. 1층에 방이 네 개고 2층에도 방이 네 개다. 10인 가족 이상이 거주할 수 있는 공간이다. 고은재는 필자가 좋아하는 다실(茶室)과 온돌방(찜질방)이 갖춰져 있다. 거실 한쪽에는 차를 마실 수 있는 다구 세트가 놓여 있다. 뒤쪽으로는 장작을 때 온돌을 가열하는 찜질방이다. 황토로 벽을 둘렀다. 노인들을 모신다고 생각해서 지은 방이지만, 이 집을 찾는 손님들에게도 더없이 휴식을 주는 특별한 공간이다. 한국 사람은 뜨거운 온돌로 등을 지져야 쉬는 맛이 난다.

고은재는 위치도 특별하다. 주변이 조그만 분지로 구성된 지형이다. 집 입구에는 연꽃이 활짝 피었다. 온통 연꽃밭이다. 그 자연이 주는 아늑함은 뭐라 설명하기 힘든 독특한 분위기를 풍긴다. 작고 아담한 분지라 이 일대 자체가 자연 정원 같다. 이곳을 '야소골'이라고 부르는데, 옛날에 숯을 굽던 곳이라고도 하고, 쇠를 단련하던 대장간이 있던 곳이라고도 전해진다. 그만큼 외부와 격리된 느낌을 주는 공간이다. 이 야소골은 '미륵도'라는 섬에 있다. 미륵도는 섬이기는 하지만 지금은 섬이 아니라 육지가 되었다. 통영시와 다리로 연결되어 있기 때문이다.

하지만 오랫동안 섬으로 있었던 지형이라 육지와는 왠지 다른 섬 특유의 한가함이 묻어난다. 이 야소골을 둘러싼 분지형 산세는 미륵산(彌勒山)의 품 안에 해당한다. 집 뒤의 뒷산이 미륵산인 것이다. 고은재 뒤를 보면 미륵산의 바위 봉우리 세 군데가 포진하고 있다. 봉우리 끝이 바위로

가족사진을 찍기 위해 다섯 식구가 연꽃 밭에 모두 모였다.

드러난 암봉(岩峰)은 기가 나온다고 봐야 한다. 이 암봉이 지나치게 크면 살기(殺氣)로, 적당하면 좋은 에너지로 작용한다. 세 군데의 암봉은 적당히 노출되어 있다. 여기에서 적당한 에너지가 방사되어 고은재로 집중되는 것 같다. 이 미륵산은 통영에서 볼 때 정면에 보이는 안산(案山)에 해당한다. 200미터가 채 못 되는 여황산이 통영의 주산이다. 그런데 주산인 여황산은 객산(안산)인 미륵산보다 낮다. 그래서 풍수가 사이에서 통영에는 원래 토박이보다 외부에서 들어온 사람이 더 잘된다는 말이 회자하고 있다.

통영은 윤이상, 박경리, 유치환, 김춘수 등 많은 예술가를 배출한 예향이다. 왜 이렇게 인물이 많이 나왔는가 살펴보니 한산도 쪽에 삼각형 모양의 문필봉이 세 개쯤 보인다. 통영 시내에서 보면 한산도 봉우리들이 문필봉으로 보이는 것이다. 사회·경제적 요인도 물론 있겠지만, 아마도 이 문필봉의 기운을 받아 통영에 인물이 많이 나온 듯싶다. '인걸(人傑)은 지령(地靈)'이라는 풍수 사상에 세뇌된 필자 같은 사람만이 고집하는 인물관이다.

바다가 보이지 않아야 명당

아내 입장에서는 시어머니와 친정어머니(정맹희 여사), 남편 입장에서는 어머니(박종업 여사)와 장모님이 같이 살면 불편한 점이 많을 것인가, 좋은 점이 많을 것인가. 결론은 득이 많다. 남편과 아내가 서로 상대방의 부모님께 잘할 수밖에 없다. 한쪽이 못하면 다른 쪽도 못한다. 양쪽 사돈도 서로 의지한다. 한쪽 노인이 몸이 불편하면 사돈이 같이 부축도 해주고 병원도 같이 가고 말동무도 해준다. 더군다나 이 집은 주변이 온통 소나

주변에는 소나무를 비롯한 각종 나무들이 우거진 청산이다. 정원에 심은 꽃나무와 채소만 관리하는 일도 아침 한나절이
소요되어 적당한 운동이 된다고.

무와 나무들이 우거진 청산인데다 집의 정원도 넓다. 양가 사돈은 같이 꽃나무를 돌본다. 소나무, 배롱나무, 주목, 목련, 자귀나무, 산수유, 명자나무, 카나리아단풍, 수양벚꽃, 작약, 목단, 장미가 있다. 봄에는 패랭이꽃이 피고 그다음에는 붓꽃이 피고, 그다음에는 주홍색의 애기범부채가 피는 식이다. 수국도 피고, 함박꽃도 피고, 황사매(히페리쿰)도 피고, 삼색버드나무, 꽃무릇도 핀다. 한여름에는 연못에 연꽃도 핀다.

　　　　필자가 생각하는 집의 이상적 요건으로 중정, 다실, 온돌방을 꼽은 적이 있는데, 이 집에는 굳이 중정이 필요 없다. 중정은 콘크리트기 밀집한 도시에서 필요한 정원이지, 이처럼 온통 푸른 자연 속에 파묻혀 있는 집에서는 필요 없다. 게다가 무대용 덱까지 장착되어 있는 집이다. 번뇌를 잊으려면 동네 음악회용 무대가 있어야 한다는 사실을 고은재에서 보고 배웠다.

　　　　바다로 둘러싸인 섬에서는 어떤 곳이 명당인가 하고 묻는다면, "바다가 보이지 않는 곳이 명당이다"라고 대답하겠다. 야소골이 바로 바다가 안 보이는 명당이다. 섬은 바다 속에 있다. 그러므로 바닷물은 귀한 것이 아니다. 물이 너무 많으니까 바닷물이 없는 곳이 상대적으로 귀하다. 분지인 야소골은 바닷바람이 직접적으로 내리치는 곳이 아니다. 분지가 해풍을 어느 정도 걸러준다. 한 번 산으로 걸러진 해풍을 코로 맡는다는 것은 즐거움이다. 해풍을 들이마시는 쾌감이 있다. 야소골에 살고 있는 집들이 대략 마흔 가구 가까이 되는데, 집에서 나와 해풍을 들이켜고 나서 이 동네 집들을 한 바퀴 둘러보면 사는 재미가 무럭무럭 솟아난다. 행복은 이런 것이다. 어른들 모시고 살면서 동네 한 바퀴 도는 데 삶의 행복이 있다. 최소한 일본과 같은 고독사는 면해야 하지 않겠는가!

바위 기운이 가득한 터에서 바라보는 황홀한 전망

부암동 꼭대기 집

서울은 세계에 내놓을 만한 산세와 강물을 갖춘 명당이다. 명당은 기운만 좋은 것이 아니라 바라보는 전망도 좋게 마련이다. 더 좋은 풍광을 담기 위해 양옥 위에 계단식으로 한옥을 얹은 특별한 집을 찾았다. 2층 한옥 누마루에 앉으면 앞쪽으로는 북한산이 병풍처럼 드리우고 뒤쪽으로는 인왕산 바윗돌이 담장을 이룬다.

종로구 부암동 꼭대기에 자리 잡은 아담한 한옥. 1층 양옥 위에 계단식으로 지어 탁 트인 전망을 자랑한다.

인왕산, 북한산, 북악산 등 삼면이 산으로 둘러싸여 창문을 열면 모두 시원한 능선이 펼쳐진다.

박지원의 《열하일기》에 나온 것 같은데 기억이 가물가물하다. 서울을 둘러싼 바위산의 형국이 마치 밝게 빛나는 연꽃 같다고. 그에 비해 금강산은 바위산이 너무 빽빽하게 밀집되어 있어 컴컴한 도적 소굴 같다고. 그만큼 한양의 바위 산세를 금강산에 비유할 만큼 장엄하면서도 양명(陽明) 한 면에서는 금강산보다 낫다는 평가인 것 같다. 서울 풍광이 지닌 이러한 장엄함과 탈속한 멋을 그대로 보존한 곳이 청와대 뒤편 종로구 부암동이다. 부암동은 경복궁을 중심으로 봤을 때 서북 방향에 자리 잡고 있다. 서북향 은 겨울에 찬바람이 부는 쪽이라 매우 꺼리던 방향이다. 또 풍수에서는 서 북쪽이 터져 있는 장소를 좋지 않게 여겼다. 그래서 서북쪽에 비보(裨補, 사 람이 병이 들어 위급할 경우 혈맥을 찾아 침을 놓는 것처럼 산천의 병을 낫게 하기 위해 주변에 불상이나 탑을 세우는 일)를 하고, 나무를 심은 것이다. 전통 마을의 비보림(裨補林)은 대부분 서북 방향에 있다.

그러나 서북쪽이 막혀 있으면 상관없다. 조선시대 역사에서 서북 차별이 있었는데, 평안도가 서북쪽이었다. 서북 차별이 누적되자 홍경 래가 반란을 일으키기도 했다. 전통적 방위 관념에서 서북은 살풍(殺風)이 불어오는 곳이라는 편견의 결과였다. 중국의 오악(五嶽)을 다녀보니 서북에 해당하는 산이 서안(西安) 옆에 있는 2200미터 높이의 화산(華山)이다. 공 교롭게도 오악 중에서 화산이 가장 날카롭고 험한 바위산이다. 칼 같은 모 양의 화강암 봉우리가 겹겹이 서 있다. 현재 서울 강남에 있는 대검찰청 청사 도 서북 방향이 약하다. 능선이 낮아서 외부 상가 건물들이 검찰청을 넘보 는 형국이다. 어느 부분까지 믿어야 할지는 모르겠지만, 풍수가들은 이 때 문에 검찰총장 임기가 자주 바뀐다고 이야기한다. 서울의 서북은 두 군데가

열어 들개문을 올리면 시원한 정자가 되는 누마루.

있다. 하나는 장동(壯洞, 통의동의 옛 지명)이요, 다른 하나는 부암동이다. 둘 다 서북쪽이었지만 장동은 안동 김씨 귀족들의 역대 세거지였고, 부암동은 양반들의 일상 거주지가 아니었다. 왜냐하면 자하문(紫霞門)을 경계로 해 장동은 성안에 있었고, 부암동은 성 밖에 해당한 것이다. 조선시대 사대문 안과 밖의 차이는 아주 큰 것이었다. 부암동은 양반들의 별장이 자리 잡았다. 주변의 암봉이 품어내는 전망이 세속을 초월하는 선기(仙氣)를 품고 있었기 때문이다.

양옥 위에 지은 2층 한옥

21세기 들어와서 천지개벽이 되었다. 우선 방위 관념의 획기적인 전환이다. 옛날에야 서북이 추운 방향이었지만, 현대에 와서는 난방장치가 발전해 겨울의 추위를 극복할 수 있는 발전소와 에너지를 확보하게 되었다. 보일러가 그것이다. 더군다나 지구 온난화의 시대로 접어들었다. 평균 기온이 계속 올라가는 시대에는 여름에 시원한 곳이 명당이다. 겨울의 추위보다 여름의 더위를 더 걱정해야 하는 시대로 바뀐 것이다. 서북은 시원한 방위에 해당한다. 주역 팔괘에서 방위를 보면 서북은 건방(乾方)인데, 건(乾)은 하늘을 상징한다. 고로 가장 높은 사람이 사는 방위로 해석할 수 있는 셈이다. 가장 위험한 장소를 지키고 있는 사람이 주인이 되는 법이다. 부암동을 이러한 후천 개벽의 틀에 맞춰 해석해보면 서울의 고급 주택지가 된다. 이 한옥으로 들어오는 길 옆의 바위에는 '청계동천(淸溪洞天)'이라는 글자가 새겨져 있다. '동천'은 신선들이 사는 풍광 좋은 선경을 뜻한다. 대개 돌로 된 석문이 그 입구를 막고 있고, 시끄러운 세속과 떨어져 있는 듯한 느낌을

집에서 가장 아늑하고 따뜻한 2층 안방. 먹감나무로 만든 문갑과 서안 등 낮은 가구를 배치해 여백의 미를 살렸다.

전통 그대로 구들을 깔지 않은 대청마루. 서까래와 마루 모두 해마다 콩댐을 입혀 정성스레 관리한다.

왼쪽 : 인왕산의 정기를 느끼며 반신욕을 즐기는 욕실. 오른쪽 : 한옥의 터를 2미터 돋워 2층으로 올라가는 계단이 꽤 높게 느껴진다. 좁은 계단인데도 층고가 높아 개방감을 느낄 수 있는 구조다.

주는 곳들이다. '청계동천'이라고 새겨놓은 것을 보면 조선시대 양반들이 머리를 식힐 수 있는 별서(別墅)를 짓는 터로 안성맞춤이라 생각한 듯하다.

이 집은 당호가 없다. 그냥 부암동의 한옥일 뿐이다. 집주인이 이름 짓는 것을 좋아하지 않는다. 그냥 조용히 살고 싶은 집으로 지은 것이다. 필자에게 자신의 이름도 공개하지 말아달라고 부탁했다. 이 한옥은 양옥과 위아래층을 이루는 특이한 구조다. 현대 가옥인 아래층은 부엌과 방하나, 화장실, 다용도실, 주차장으로 이루어져 있다. 밥 먹고 빨래하고 TV를 보는 생활공간이다. 2층이 바로 한옥이다. 아래층에서 2층으로 올라가는 내부 계단이 유난히 길다. 겨우 한 층 더 올라가는 계단인데도 3층 정도 오른 느낌이 들 정도로 계단이 많다. 그만큼 층고가 높다. 원래 이 집의 터는 경사가 있는 비탈진 언덕이었다. 지형을 살려 집을 짓다 보니 아래층이 지하실 같은 느낌이다. 2층에서 보면 아래층이 지하실 같지만, 아래층에서 보면 자동차에서 내려 바로 들어가는 문이 1층이다. 2층 한옥에는 안방과 책보는 방 그리고 바닥에 나무를 깐 누마루와 대청마루가 넓게 자리 잡고 있다. 원래 지형보다 2미터 정도 축대를 쌓아 높게 터를 올렸다고 한다. 주변산의 능선을 보는 데 적합하도록 눈높이를 맞추기 위해서다. 2층의 터를 높이다 보니 2층으로 올라가는 계단도 많아진 것. 그렇게 완성한 이 집의 핵심은 2층 누마루에서 바라보는 전망이다. 그러므로 이 집의 최대 장점은 바로 전망에 있다. 박지원이 기록했듯 멀리서 보면 화강암 바위산이 연꽃 봉오리처럼 둘러싼 서울의 풍광을 가장 직접적으로 볼 수 있는 지점에 집을 지은 것이다. 연꽃 봉오리 밖이 아니라 꽃봉오리 안에 들어와 꽃을 본다고 할까.

누마루에 앉아서 보면 뒤쪽으로는 인왕산의 바위가 보인다.

주방, 다용도실, 서재로 구성된 1층 주거 공간.

집 뒤를 받쳐주는 암봉이 인왕산이다. 겸재 정선의 '인왕제색도'에 나오는 느낌 그대로 인왕산을 좀 더 가까이에서 보는 셈이다. 가까이에서 인왕산을 보면 바위에 비가 흘러내린 자국이나 이끼 등 섬세한 바위 결이 자세하게 보인다. 이 집에서 보는 인왕산은 경복궁 서쪽의 효자동 쪽에서 보는 인왕산의 뒤꼭지에 해당한다. '인왕(仁王)'은 부처를 표현한 말이다. 효자동에서 보면 인왕산이 멀리 보이는 풍광이지만, 부암동 이 한옥에서 보면 손에 잡힐 것처럼 가까이 보인다. 거대한 바위산을 가깝게 보면 야생의 기를 느낄 수 있고, 서울이라는 도시가 아닌 산속에 들어와 있다는 착각을 하게 만든다. 정면을 보면 북한산의 바위 봉우리들이 병풍처럼 쭉 도열해 있다. 그 대신 이 북한산 암봉들은 멀리서 보인다. 북한산 봉우리가 너무 가깝게 보이면 답답함을 줄 수 있다. 다행히도 멀리 떨어져 보이므로 탁 트인 맛이 난다.

서울 하늘 아래, 천상에 사는 즐거움

삶이 지루해질 때 앞으로 보이는 북한산의 봉우리를 바라보면 지루함이 사라질 것 같다. 인생이 힘겹다고 여겨질 때 이 영봉들을 바라보면 힘을 얻고 위로를 받을 것 같다. 화가 올라오고 분노가 일 때 이 산을 바라보면 화가 가라앉을 것 같다. 나 같은 문필가가 글이 생각나지 않을 때 이 암산들을 바라보면 새로운 영감을 얻어 원고지 수십 매를 일거에 써 내려갈 것 같다. 주변의 친지들과 정담을 나누며 즐기고 싶을 때 이 바위산을 바라보며 대화를 하면 음악 밴드를 대신해 한층 분위기를 돋울 것 같다. 이 바위산을 앞에 두고 기도를 하면 기도발도 받을 것 같다.

이러한 다용도의 염원이 이루어진다는 근거를 또 하나 풍수적

185

좁은 골목길에서 바라보면 돌을 켜커이 쌓은 축대 너머 한옥 처마 끝이 살짝 보이는 정도라 그 누구도 집 위에 한옥이 있을
거라 쉽게 예상하지 못한다.

으로 든다면 누마루 오른쪽으로 보이는 백악봉(白岳峰) 또는 백악산의 존재다. 백악산(북악산의 옛말)은 바로 청와대 뒷산을 가리킨다. 광화문 쪽에서 백악봉을 보면 고릴라의 두 눈이 튀어나온 것처럼 보이지만, 이 집에서 보는 백악봉은 다른 각도가 된다. 마치 나락을 쌓은 노적봉 같기도 하고, 머리를 잘 빗고 단정하게 꾸민 옥녀의 머리를 연상시키기도 한다. 그렇다. 이 집의 누마루에 앉아 있으면 인왕산, 북한산, 백악산이 모두 집을 감싸는 형국이다. 그것도 단단한 화강암 암봉들이다. 오직 서울의 부암동에서만 볼 수 있는 전망이다. 세계 어느 나라 수도에서 이런 풍광이 나오겠는가. 아마 대한민국 서울밖에 없을 것이다. 이 풍광을 보면 박지원이 《열하일기》에서 말한 한양 지세론을 떠올리지 않을 수 없었다.

또 이 집 마당에는 나이 먹은 소나무도 열여덟 그루나 있다. 원래부터 있던 자연산 소나무들이다. 집주인이 이 터를 사게 된 근원적인 이유도 이 소나무들 때문이었다. 자연산 소나무가 열여덟 그루나 있는 집터. 한국적 차경(借景)의 미학은 소나무가 반드시 있어야 완성된다는 점이다. 바위와 소나무가 어울려야 자연이 된다. 무정(無情)과 유정(有情)의 조합이라고나 할까.

꽃 피는 봄이 되면 이 집의 누마루에 앉아보고 싶다. 서울의 풍광을 한손에 잡아보고 싶다. 낮에도 좋겠지만, 춥지도 덥지도 않은 5월의 중순에 누마루에 앉아 달을 보면 그 기분이 어떨까. 초고층 빌딩이 줄을 서 있고, 반짝거리는 네온사인이 대로를 장악하고, 수많은 자동차가 빵빵거리며 달리는 서울이라는 세계적 대도시의 중심부에 이러한 야생의 정서를 갖춘 동네가 있다는 것은 대단한 일 아닌가!

한중 해양 교류사에 중요한 흔적을 남긴 집

당
진
인
씨
고
택

서울에서 1시간 30분, 충남 당진군 통정리에 가면 4차선 도로 바로 옆에 3백
년 역사를 가진 교동(喬桐) 인씨(印氏) 고택이 있다. 조선시대 말까지 나무 무
역을 했다는 이 집안은 중국에서 뗏목으로 수입한 소나무만 사용해 집을 짓고,
후대에는 경복궁의 기와를 얹는 등 3백 년 동안 전통 한옥의 맥을 이어왔다. 당
진이 중국과의 활발한 무역지였다는 사실을 품고 있는 역사적 산물이다.

대문 앞 만개한 백일홍이 인상적인 인씨 고택. 간척지 사업과 개발로 산 위에 있던 집이 지금은 4차선 도로 바로 옆에 있다.

언덕 위에서 바라본 안채와 장독대, 별채의 모습.

충남 당진군 석문면 통정리에 가면 당진에 대대로 살아온 교동(喬桐) 인씨(印氏) 고택 한 채가 남아 있다. 이 일대는 수백 년 된 인씨들의 집성촌이다. 저택의 사랑채와 행랑채는 세상의 풍파에 휩쓸려 흔적 없이 사라졌지만 어찌어찌 본채만 겨우 남아 있다. 당진 일대에서 떵떵거리던 만석군의 저택이 몰락해서 겉으로 보기에는 볼품없는 고택이 되어버렸지만, 이 집이 중요한 이유는 중국에서 바다를 통해 건너온 중국 소나무로 집을 지었다는 점이다. 서까래에 기록된 연도로 따지면 1672년에 건축했거나 증축한 집이나. 17세기 후반, 조선 현종내 건축물인 것이다.

그렇다면 그 시절에 어떻게 중국의 목재를 이곳 충남 당진까지 운반해올 수 있었을까? 집을 지은 연도로 따져보면 중국 청나라 시절이다. 당진은 해방이전까지만 해도 해상 교통의 요충지였다. 그리하여 이름 또한 당진(唐津) 아닌가! 삼국시대부터 중국 당(唐)나라로 가는 항구인 탓이다. 당진에서 조류와 바람을 잘 만나면 불과 이틀 만에 중국에 도착할 수 있었다고 전해질 만큼 중국과의 최단거리 해상 고속도로라고나 할까. 육로를 거치면 두 달 이상 걸릴 거리를 이틀에 갔다면, 이는 실로 대단한 속도이다. 특히 맨몸이 아니라 화물을 싣고 갈 때는 바닷길의 위력이 훨씬 크다. 지게에 쌀을 얹은 채 어찌 험준한 고개를 넘고 물을 건너겠는가. 배에 실으면 한 번에 많은 화물을 적재할 수 있다. 그래서 삼국시대 이전부터 중국과 당진 일대는 수많은 배와 사람이 화물을 싣고 오가던 해상로였다.

그렇다면 당진에서 출발한 배가 도착하는 지점은 중국의 어떤 지점일까? 대개는 산둥 반도였다. 산둥 반도는 한반도를 향해서 툭 튀어나온 반도 지세다. 산둥 반도에서 보면 한반도가 안산(案山)에 해당한다.

아궁이 아래 마차 바퀴가 남아 있다. 집안에 내려오던 전통 운송 수단으로 나무를 옮기는 데 사용했을 것이라 전해진다.

안산은 바람을 막아주고 기운을 반사하는 역할을 한다. 더군다나 한반도의 강물은 대개 서해안 쪽으로 흘러나오는데, 거시풍수(巨視風水)로 보면 산둥은 이 한반도 강물의 기운을 받는 지점에 해당한다. 그래서 그런지 산둥은 중국 전역에서도 걸출한 인물을 가장 많이 배출한 지역으로 알려져 있다. 공자도 산둥 출신이고, 제자백가의 수많은 사상가들도 산둥에서 나왔다. 또한 음양오행 사상도 신선사상도 산둥에서 만들어졌다. 이렇게 보면 중국의 진액은 산둥이고, 이 산둥은 한반도의 서해안 당진 일대와 최단거리 시섬이나. 당연히 한반도와 가장 역사적인 교류가 활발하던 지역이다.

한 달간 물을 건너온 소나무로 집을 짓다

조선시대는 고려에 비해 중국과의 무역이 위축된 시기였다. 공식적으로는 육로를 통해 중국 연경에 간 사신을 통해 간간이 무역이 이루어졌을 뿐 민간 차원에서는 중국과의 무역이 그리 활발하지 않았다. 당진 사람들은 그러한 조선 시대에도 바다를 통해서 산둥과 장사를 많이 한 모양이다. 당진의 교동 인씨 집안은 산둥과의 무역을 통해서 부를 축적한 집안이다. 당진 상인들은 조선에서 나는 인삼과 토산품을 배에 싣고 가서 중국의 물품과 교환한 듯하다. 그런데 인씨들은 그 물건 대금으로 중국산 소나무를 샀다. 그리고는 이 소나무들을 뗏목으로 만들어 당진으로 들여온 것이다. 벽돌이 소용되지 않는 나무집인 한옥을 짓는데 소나무는 필수 목재이기 때문이다. 벽돌은 흙으로 찍어내면 그만이지만, 한옥을 지으려면 산에서 둥치가 굵은 나무를 잘라 운반해야 하는 데다 목재로 쓸 만하게 자라는 데도 수십 년이라는 시간이 걸린다. 특히 대들보에 올릴 만한 큰 둥치의 소나

동경대 토목과를 졸업한 후손의 조부는 생전에 터널과 고속도로 등 굵직한 나라 사업을 도왔던 인물이다. 궁궐 공사를 맡
아 지휘하던 그는 경복궁 보수를 하면서 남은 기와를 가져와 집을 보수하는 데 사용했다. 유난히 까만 기둥은 우리나라
소나무를 사용했기 때문. 집을 짓다 기둥 하나가 모자라 우리나라 소나무를 사용했단다.

무는 당시 조선에서 귀했다. 조선은 집집마다 아궁이에 장작을 때서 난방을 해결했기 때문에 산에 큰 나무가 자라기 어려운 탓도 있었다. 겨울에 난방 수단이 나무였고, 밥을 하려면 아궁이에 나무로 불을 때야 했기 때문에 절대적으로 나무의 양이 부족하다는 이유도 있어서 민둥산이 많았다. 그러다 보니 정부에서는 법으로 소나무 벌목을 엄격하게 단속해야만 했다. 민간인이 허가 없이 산에 가서 나무를 베면 곤장도 맞고 벌금도 물어야 했다. 하지만 청나라 산둥 일대에는 집을 짓는데 필요한 큰 소나무 목재가 많았던 모양이다. 이문이 많이 남는 장사가 목재수입이었는데, 목재는 육로를 통해서는 운반할 수 없다. 아스팔트 도로도 없고 트레일러도 없던 시절에 지름 1미터, 길이 10미터가 넘는 목재들을 어떻게 운반했을까? 방법은 바다였다. 목재는 물에 뜨는 성질을 가지고 있고, 당진은 산둥 반도를 잇는 최단거리 항구였다. 그렇기 때문에 목재무역은 한반도에서 당진 일대 사람들만이 할 수 있는 업종이었다는 계산이 나온다.

인씨 집안의 구전에 의하면 산둥에서 출발한 소나무 뗏목은 석문면 통정리 인씨 고택 앞의 개흙밭까지 도달하는 데 대략 한 달이 걸렸다고 한다. 돛을 단 배는 바람을 맞으면 빨리 갈수 있지만, 수백 개의 소나무를 엮은 뗏목은 바람을 이용할 수 없었기 때문에 아주 느리게 움직였을 것이다. 당진 원로들의 증언에 의하면 당진의 물길은 세군데서 오는 물이 모두 합수(合水)를 이루는 천혜의 조건을 갖췄다고 한다. 이 부분은 배를 타본 당진 토박이들만이 알 수 있다.

뗏목을 타고 황해를 몇 번이나 건넌 동국대 윤명철 교수의 말에 따르면 물길은 세 가지 조건이 딱 맞아떨어져야 한다. 첫째는 해류(海流)

대대로 손이 귀하던 교동 인씨의 조상들. 1900년대 초 사진사를 불러 인물 사진을 찍을 정도니 당시 어느 정도의 재력이었
는지 짐작할 수 있다.

198

로, 쿠로시오 해류를 예로 들 수 있다. 동남아시아에서 한반도 쪽을 향해 올라오는 거대한 바닷물의 흐름인데, 이 해류를 거슬러 항해할 수는 없다. 둘째는 조류(潮流)이다. 해안가에서 나타나는 조수 간만의 차에 따라 수시로 바뀌는 바닷물의 흐름을 말하는데 보름일 때의 물길과 그믐일 때의 물길이 달라, 이 조류의 흐름을 모르면 배가 엉뚱한 지점으로 갈 수 있다. 셋째는 바람인데, 한반도의 여름철에는 동남풍이 불고, 겨울에는 북서풍이 분다. 항해는 바람을 타야 하기 때문에 산둥에서 소나무 뗏목단(團)을 이룬 인씨 선소들은 이러한 세 가지 조건을 모두 감안하며 덩진으로 오는 항로를 개척했을 것이다.

이렇게 한번 소나무 뗏목이 석문면 통정리에 도착하면 떼돈을 벌었다고 한다. 수십 배가 남는 장사였던 모양이다. 이 돈으로 석문면 일대의 땅을 사들여 인근의 대부분 땅이 인씨 소유가 되었다. 원래 인씨 고택 앞은 개흙밭으로 바닷물이 드나드는 곳이었는데, 지금은 간척을 해 논으로 변했다. 이 개흙밭에다 산둥에서 가져온 소나무들을 보관했다고 한다. 한옥을 짓는데 사용되는 목재는 충분히 건조해야 한다. 건조가 안 된 생나무를 이용해 집을 지으면 완성한 후 골격이 뒤틀리고 나무 틈새가 벌어지기 때문이다. 그렇기 때문에 소나무는 건조가 생명이다. 산둥에서부터 한 달 정도 걸려 도착한 소나무는 바닷물에 충분히 잠긴 것으로 바닷물이 흡수된 소나무는 일급 상품으로 쳤다. 게다가 통정리 앞 개흙밭에 장기간 방치한 소나무는 자연스레 해풍과 바닷물에 자연 건조 과정을 반복한다. 이 과정에서 짠 바닷물이 방부제 역할을 했다. 이런 과정을 거친 소나무는 집짓기에 가장 적합한 목재로 거듭났다.

아궁이 때문에 계단식으로 한 단 올라간 쪽마루. 집안에 내려오는 문헌과 족보도 잘 정리되어 있다.

인씨 후손들의 증언에 의하면 산둥 뗏목 장사가 매번 성공하는 것은 아니었다고 한다. 강풍이 불고 파도가 높으면 황해를 건너오는 도중에 뗏목을 엮은 줄이 끊어져 나무가 망망대해로 떠내려갈 수밖에 없었기 때문이다. 운이 없으면 풍랑에 손해 보고, 운이 좋으면 엄청난 이득을 보는 일종의 투기성 사업인 셈이다. 이런 목재 무역상이 당진에 여러 집 있었는데, 그 중에서 제일 규모가 크고 재미를 많이 본 집이 인씨 집안이었다. 중국과 무역을 하려면 중국어가 필수 조건인데, 이 집안은 주특기가 중국어였다고 한다. 특히 교동 인씨 55대 후손인 인성호(1775년생) 씨는 머리가 비상하고 사업 능력이 뛰어났다고 전해진다.

3백 년 역사의 기억을 꿋꿋하게 지켜온 집

집에 사용한 목재들을 보면 색깔이 좀 어두운 편인데다 거무스름한 색이 배어 있다. 다른 전통 한옥의 목재보다 더 어둡다. 기둥으로 사용한 나무의 형태도 반듯하지 않으며 약간씩 뒤틀려 있다. 집 구조도 일반적인 한옥의 형태와는 많이 다르다. 마루를 중심으로 디근자(ㄷ) 형태의 네 채가 배치되어 있는데, 방과 방이 서로 연결되어 있다. 앞쪽과 뒤쪽은 툇마루가 있어 마루를 거치지 않고 방에서 방으로 이동할 수 있도록 되어 있다. 다시 말하자면 동선을 고려해 편안하게 지은 셈이다. 여자들이 살기에 편안한 것은 남아 있는 이 집이 안채였기 때문이다. 맨 왼쪽 방은 마루가 1미터 가까이 올라와 있다. 마루 밑에 불을 땔 때는 아궁이가 있고, 이 아궁이에 불을 지피려면 공간이 높아야 하기 때문에 마루를 높여 설계한 것이다. 안채 방에 불을 지피는 아궁이를 이처럼 높게 만든 것도 일반 한옥에서 보기 힘든

여자들이 살기 편한 동선으로 고친 인씨 고택. 종부 윤주임 씨가 시집올 때 남편 고 인목환 씨가 현대식으로 개조해 서까래, 대청마루 등 옛 한옥의 모습이 남아있지 않다. 마루 쪽에 제기를 두는 수납장이 자리하고 있다.

점이다. 대개 이런 높은 아궁이는 사랑채에 있다. 왠지 모르게 중국의 영향이 느껴지는 집이다. 1672년에 지었다면 350년 된 집으로, 후대로 내려오면서 차츰 집의 원형이 변했다.

　　　　20세기에 들어와 진행된 그 변모 과정을 대강 살펴보면 다음과 같다. 1908년경 안채에서 후원을 내다보는 창에 유리를 달았다. 1920년에는 행랑채 일부를 헐어내어 머슴을 주었다고 한다. 1920~1935년 무렵에는 일제의 영향으로 행랑채와 사랑채를 모두 철거했다. 그리고 16간 마루에 방 6간 부엌 4간의 아래채를 지었다. 일본식 유리문을 단 집으로, 기둥은 백두산에서 가져온 소나무를 사용했다. 아직도 그 유리문이 보존되어 있는데, 우리나라에서 구할 수 있었던 최초의 유리다. 현 후손의 조부인 인권식(印權植, 1901~2000)은 일제강점기에 경기고와 일본의 마쓰야마(松山) 고등학교를 나와 동경대 토목과를 졸업한 인텔리였는데, 그가 서울 궁궐 공사를 맡아 지휘하던 중에 경복궁 기와 보수를 했다고 한다. 보수하고 남은 경복궁 기와를 인권식이 가져와 지금 남아 있는 집의 지붕 기와를 다시 올렸다. 즉, 지금 얹힌 기와가 경복궁 기와인 것이다.

　　　　아래채를 지을 당시에는 일본에서 유명한 도편수를 데려와 손을 봤다. 그 때문에 어두운 위채와 달리 아래채는 유리문을 달아 실내가 훤했다고 한다. 그래서 이웃들이 아래채를 구경하기 위해 종종 들르곤 했다. 1940년에는 일본 도편수가 지은 집이 낡아 비가 새자 이 집을 헐고 당시 당진 읍내의 신행여관을 짓는데 자재로 사용하도록 하고 지금의 문간채를 지었다. 1975년에는 문간채의 부엌을 없애고 방을 2간 반으로 개조했다. 부엌을 개조해, 집안에 목욕탕과 화장실을 만들고, 지난 1990년에 다락을 없앤

이야기를 나누고 있는 저자와 종부 윤주임 씨.

후 입식 부엌을 들였다. 아래채도 부엌을 없애고 긴 방을 만들었다. 이런 부침을 거듭한 결과 남은 집이 현재의 고택 형태다. 근래에 집 뒤로 도로가 뚫리면서 길이 나는 바람에 전체적인 풍광이 훼손된 상태이지만 과거에는 풍수적으로 대단히 좋은 터에 속하는 집터였던 것으로 보인다.

이 집의 구조나 외관은 중요하지 않다. 현재 남아 있는 집은 변형되고, 축소되었기 때문에 번듯한 느낌을 주지 않는다. 앞에서도 이야기했지만 중요한 점은 대대로 목재무역업을 했던 인씨들이 산둥 반도에서 바다를 통해 뗏목으로 운반한 중국 소나무를 썼다는 것이다. 그 시기도 조선 중기인 1600년대 후반이다. 민간인이 독자적으로 배를 띄워 산둥까지 교역을 했다는 증거이기도 하다. 인씨 고택은 당진이 지닌 한중 해양 교류사의 비중을 웅변하는 집인 셈이다. 한 달이 넘게 걸려 도착한 이 소나무들을 가지고 지은 집이 당시에는 많았겠지만, 현재 유일하게 남아 있는 것은 이 집뿐이다. 이런 역사적 배경과 사실만으로도 한 번쯤 눈여겨볼 만하지 않는가. 이 집은 우리 조상들이 수천 년 동안 중국 산둥과 당진을 오가며 해상 교류를 해왔음을 보여주는 역사의 산증인이라 할 수 있다.

남과 다른 길이 최고의 명당을 만든다

고창 인촌 김성수 고택

전북 고창군 부안면에 있는 인촌 김성수 선생의 고택은 우리나라에서 몇 안 되는 북향(北向)집 가운데 최고의 명당으로 꼽힌다. 암탉이 알을 품듯 뒷산의 물줄기가 집을 감싸고, 멀리 바다가 바라다보이는 집터는 재운은 물론 독특한 풍류와 전망까지 지니고 있다. 예부터 북향집은 다른 사람과 다른 길을 가겠다는 신념가들이 선호하는 방향이었다. 인촌 김성수 선생의 고택은 그 형태가 화려하거나 으리으리하지는 않지만 호남 만석꾼의 여유를 그대로 보여준다.

돌담 너머 인촌 김성수가 젊은 시절을 보낸 사랑채가 보인다.

인촌 김성수의 아버지 김기중과 작은아버지 김경중 일가가 함께 살았던 인촌 생가. 집은 1861~1881년까지 20년에 걸쳐 지었다. 솟을 대문을 사이로 왼편이 작은집, 오른쪽 안채가 큰집이다.

집터의 방향이 어떠냐에 따라 거기에 내포된 의미도 각기 다르다. 먼저 동향(東向)집이다. 동쪽을 향하고 있는 집은 아침에 떠오르는 태양의 기운을 정면으로 받을 수 있다는 이점이 있다. 태양은 생명의 기운을 상징하는데, 양기(陽氣)의 극치가 바로 태양이다. 하루 시간대로는 진시(辰時)에 해당한다. 오전 7시부터 9시까지가 진시이며, 진(辰)은 용(龍)을 가리킨다. 우리 선조들은 왜 태양의 기운이 환하게 비치는 이 시간대를 '용'의 시간이라고 이름 붙였을까? 태양으로부터 쏟아져 들어오는 양기 때문이다. 이 양기는 용처럼 꿈틀거리면서 만물에 생기를 불어넣는다. 단전호흡을 하는 사람들은 이 시간대의 양기를 가장 소중히 여긴다. 진시의 태양 기운을 받아야만 불로장생하는 에너지를 섭취할 수 있기 때문이다. 그래서 도사(道士)가 지은 도관이나 산속에 자리한 토굴은 그 창문이 거의 동쪽을 향해 나 있다. 아예 집의 방향을 동쪽으로 앉히기도 한다. 명산을 오르다 보면 중턱이나 정상 부위에 넓적한 바위가 많은데 이런 바위는 대개 단학가(丹學家)들이 해 뜨는 시간에 단전호흡을 하던 장소인 경우가 많고, 더 재미있는 사실은 이 바위가 동향으로 앉아 있으면 더욱 묘미가 있다는 점이다. 그런가 하면 동향은 공부하는 학생의 방으로 많이 정했다. 아침에 해가 떠오르면 늦잠을 자기 어려우므로 일찍 일어나 공부하라는 뜻으로 공부방을 동향에 배치했다.

남향(南向)은 일조량이 풍부해서 가장 선호하는 방향이다. 더위는 문제 될 것이 없으므로 집터로는 추위를 막기 위해서 햇볕이 잘 드는 남향이 최상의 방향이었다. 그렇다면 서향(西向)은 또 어떤가. 해 저무는 낙조를 볼 수 있는 서향집은 오후 늦도록 햇볕이 깊숙이 들어온다. 늦게

안채의 세간은 모두 고려대학교에 기탁했다.

까지 방 안으로 쏟아지는 석양볕은 장단점이 있다. 석양을 바라보며 낮 시간 동안 쌓인 긴장을 푸는 장점이 있다. 특히 호수나 바다로 지는 낙조를 볼 수 있는 서향집이라면 휴식을 취하며 명상을 하기에는 최적의 포인트라 할 수 있다. 불교의 〈관무량수경(觀無量壽經)〉이라는 경전을 보면 서방 극락을 보기 위해서는 평소에 16관(觀)을 연습해야 하는데, 그 16관 가운데 제일 첫 번째 관(觀, 바라보는 법)이 일몰관이다. 즉, 서향을 많이 보라는 가르침이다. 붉게 물든 저녁노을을 한 시간 정도 바라보고 나면 마음에 깊은 평화가 찾아들고 상처가 치유된다. 분노노, 허무도 명멸하는 노을을 바라보다 보면 자연 치유된다. 그렇다면 서향집의 단점은 무엇인가. 햇볕의 대비가 너무 심해 감정의 기복이 심할 수 있고, 자칫 잘못 조절하면 오히려 마음이 흔들리기 십상이라는 것이다. 그런 연유로 서향집은 예술가와 궁합이 잘 맞는다.

그런가 하면 간좌(艮坐) 집도 있다. 간(艮) 방향은 풍수가 사용하는 지남침에서 볼 때는 서남향을 가리킨다. 이 방향은 햇볕을 가장 오랫동안 받을 수 있는 좌향(坐向)이다. 동양의 고천문학(古天文學)에서는 이 간좌 집에서 부자가 많이 배출된다고 믿었다. 하늘의 별자리 가운데 천시원(天市垣)이라는 별자리권이 있는데, 이 천시원은 그야말로 하늘의 시장이다. 많은 재물이 교환되고 모이는 자리인지라, 간좌의 집을 지으면 그 방향이 이 천시원을 향한다고 보았다. 하늘의 재물이 모이는 천시원을 향하면 하늘의 재물이 지상의 인간계 집으로 자연히 쏟아져 들어올 게 아닌가. 그래서 예부터 풍수에서는 '간좌 집이 부자 터이다'라는 속설이 전한다. 필자가 과연 그런가 하고 전국의 부자 명문가 집을 답사한 결과 경북 영양군 주실마을

큰댁의 안채. 김성수 선생의 조부모 사진이 걸려 있다.

에 있는 조지훈 고택이 간좌 집이고, 대구 화원의 만권당(萬卷堂)을 갖춘 남평 문씨의 고택 또한 패철을 들이대보니 간좌였다. 이 두 집 모두 영남에서는 알아주는 부잣집이다.

신념가들이 선호하던 북향집 최고의 명당

　　마지막으로 가장 꺼리는 방향, 북향집이다. 북향은 조도(照度)가 일정하다는 장점이 있다. 빛의 변화가 적기 때문에 상대적으로 마음이 안정된다. 책을 읽거나 시험공부를 하는 데는 일정한 조도를 유지하는 환경이 영향을 미친다. 더군다나 빛이 잘 들지 않아 실내가 약간 추우므로 정신이 번쩍 난다. 따라서 예외적으로 아이 공부방은 북향을 선호했다. 그렇지만 춥고 해가 빨리 지는 탓에 어지간하면 북향은 집 지을 때 고사하는 방향이었다. 조선시대 단학(丹學)의 대가 정렴(鄭)은 호가 북창(北窓)이었는데, 이때의 북창은 다른 사람과는 다른 길을 가겠다는 남다른 의지의 표현이었다. 도를 닦는다는 자체가 보통 사람이 가는 길이 아닌 만큼, 북향은 이처럼 시대 조류를 거스르고 유아독존 격으로 인생을 살겠다는 신념가들이 선호하던 방향이다.

　　그럼에도 불구하고 우리나라 명문가 중에서 북향집이 발견된다. 충남 아산의 설아산 자락에 위치한 '맹씨행단(孟氏杏壇)'이 바로 북향이다. 이곳은 조선 초기의 명재상으로 이름을 드높인 고불(古佛) 맹사성(孟思誠, 1360~1438) 대감의 집터다. 설아산의 맥이 북쪽으로 흘러내린 자락에다 집을 지은 것이다. 뒷산의 지맥이 북향인 탓에 할 수 없이 그 지맥을 따라 지은 것으로 보인다. 땅의 기운이 올라오는 지맥(地脈)을 일차적으로 고

김성수 선생의 좌우명 공선사후(公先私後).

려하다 보니, 부득불 북향이라는 단점을 감수한 셈이다. 그만큼 지맥의 기운을 중요하게 쳤다. 지맥을 중시할 것이냐, 좌향을 중시할 것이냐 하는 갈림길에 서면 풍수는 지맥을 우선시한다. 왜냐하면 밑에서 올라오는 지기(地氣)가 거기에 거주하는 사람의 건강과 운(運)에 결정적으로 작용한다고 믿기 때문이다. 근래 들어 지구 온난화가 급속하게 진행되고 있다. 여름철이 아열대 기후로 변하고 있는 상황이다. 이런 온난화 시대에는 북향집도 괜찮다고 본다. 난방 시설이 발달해 더 이상 겨울 추위는 문제 되지 않지만, 여름이 길어지면서 너운 날씨가 삶을 압박하는 상황으로 변하고 있다. 무더위에는 북향집이 최고다. 30년 전에 '후천개벽이 되면 북향집이 좋아진다'던 어른의 말을 들었을 때는 무슨 뜻인지 몰랐는데, 지나고 보니 기후 변화로 지구가 따뜻해진다는 의미였던 것 같다.

10만 석 대지주의 여유가 묻어나는 호남 최고의 명당 북향집 가운데 필자가 가장 주목하는 집은 전북 고창군 부안면에 있는 인촌 김성수 고택이다. 〈동아일보〉와 고려대학교의 설립자인 인촌 김성수 선생이 태어난 집터로, 인촌 선생의 조부께서 1861~1881년까지 20년에 걸쳐 지은 집이다. 대지만 9917제곱미터(약 3000평)이 넘고, 특이하게 두 집이 한데 살았다. 큰아들인 김기중(金祺中)의 집과 작은아들인 김경중(金曘中)이 같이 산 것이다. 이 집은 북향일 뿐만 아니라 줄포만으로 밀려드는 바닷물이 저 멀리 바라다 보인다. 고창군 줄포만의 바닷물이 활처럼 멀리에서 이 집 주위를 감싸는 형국이다. 바다를 면하면서 북향으로 앉은 집은 우리 땅에 아마 이 집 한 채뿐일 것이다. 그만큼 희귀한 방향과 전망이다. 풍수에서 그 집터에 재물이 많은지, 적은지를 판단할 때 보는 첫 번째 기준이 물이다. 집 주위에 냇

김성수, 김연수 집안 모두 손이 많았다. 마당 한 편 석조물에 자손들의 이름이 새겨져 있다.

물이 휘감아 돌아가거나, 아니면 집터 앞쪽으로 호수나 연못이 있으면 돈이 모이는 터라고 본다. 경북 안동 하회마을의 특징도 휘감아 도는 강물이고, 이 강물이 곧 재물을 상징한다. 인촌 고택이 굳이 북향으로 터를 잡은 것도 줄포만이라는 바닷물을 중시한 때문이다. 과연 인촌의 선대는 이 집에서 큰 돈을 벌었다. 이 집을 짓고 나서 호남 최고의 부잣집이 되었음은 역사가 증명한다.

호남의 대표 부잣집을 탄생시킨 독특한 집터

어찌 된 연유로 울산 김씨인 인촌의 조부가 이 터에 집을 지었을까? 고창군 부안면 봉암리의 터줏대감은 연일(延日) 정씨 정계량(鄭季良)이었다. 정씨 일가가 현재의 인촌 생가 터 옆에 큰 기와집을 짓고 살았는데, 정씨 집안 역시 만석꾼으로 큰 부자였다. 만석꾼 정계량에게는 아들이 없고 딸만 하나 있었는데, 이 외동딸에게 데릴사위로 장가를 온 인물이 바로 인촌의 조부인 낙재(樂齋) 김요협(金堯莢)이었다. 김요협은 가난하지만 총명하고 성실한 청년이었기에 만석꾼인 정계량이 자신의 외동딸을 내준 것이다. 당시 김요협은 고창군과 이웃한 전남 장성군에 살았는데, 장가를 들면서 처가 동네인 고창군 부안면 봉암리로 이사를 오게 되었다. 부잣집 데릴사위로 오면서 재산은 얼마나 받았을까. 당시 쌀 8백 석이었다. 요즘 가치로 환산하면 80억 원 정도 될까. 인촌의 조부인 김요협은 이재에 능해 8백 석을 종자돈으로 재산을 불렸다. 어느 정도 기반이 잡히자 처갓집 옆 터에 새로 집을 지은 것이다. 본디 이 터는 연못이었다고 전한다. 이처럼 연못을 매립해서 집을 짓는 경우는 극히 드물다. 드물게나마 불찰(佛刹) 가운데 연못을 매립해서

안채 마당에 자리한 인촌 김성수 선생의 동상.

짓는 경우는 가끔 있다. 전북 익산의 미륵사지가 그런 경우고, 김제의 금산사 터도 연못을 숯으로 메운 다음 지은 사례다. 하지만 이렇게 매립해서 지은 터는 기운이 세다고 말한다. 종교 시설이라면 몰라도 일반인이 거처할 집을, 그것도 연못 터에 짓는 것은 상당한 도박이 아닐 수 없다. 그런데도 이러한 도박을 감행한 것을 보면 주변에 상당한 내공을 갖춘 풍수가가 조언했을 가능성이 높다. '위험한 도박에 큰돈 남는다'는 속설처럼 김요협은 연못을 매립한 후 줄포만을 끼고 북쪽을 바라보는 매우 과격한(?) 집을 짓는 도박을 감행했다. 제대로 된 실력을 갖춘 고명한 지관(地官)을 만나는 것도 인연복(因緣福)이다. 괜스레 돌팔이를 만났다가는 패가망신한다.

　　　　인촌 집안은 대대로 풍수에 많은 투자를 했고, 인근에 이름난 지관이 있으면 이들에게 아주 후한 대접을 해온 것으로 소문나 있다. 요즘 돈으로 치면 지관이 자리 하나를 잡아주면 몇 억 원씩 안겨주었다. 어떤 지관은 아예 인촌 집안에 방을 하나 차지하고 상주했다. 그 이후 호남의 소문난 명당은 인촌 집안 차지가 되는 경우가 많았다. 줄포만 일대의 고깃배가 출어를 하려면 식량과 어구를 마련할 목돈이 필요했다. 이 목돈을 빌릴 때 김씨 집안에서 빌리면 재수가 좋다고 소문이 나서 일대의 선주 대부분이 인촌 집안에서 돈을 빌렸다고 전해진다. 집터 자체가 돈이 모이는 명당이고, 기가 센 만큼 그 돈도 재수가 있다는 믿음 때문이었다. 이 집에서 김요협의 두 아들인 김기중과 김경중이 윗집, 아랫집으로 살았다. 기중, 경중 대에 와서 재산이 3만 석으로 불었다는데, 혹자는 10만 석이라고도 한다. 동학혁명 무렵에 일본 쌀장사치들이 호남평야의 쌀을 대량으로 매입한 다음 당시 메이지유신으로 도시에 인구가 집중된 일본의 도쿄와 오사카에 내다 팔았다.

서너 배의 이문이 남는 장사였다. 일본 상인들이 이렇게 쌀장사를 해서 큰돈을 버는 것을 보고 인촌의 생부(生父)인 김경중과 양아버지인 김기중도 쌀장사에 뛰어들었다. 시대 흐름을 간파한 셈이다. 이렇게 해서 엄청난 거부가 된 기중과 경중의 재산을 인촌 김성수가 상당수 물려받았다. 인촌은 경중의 아들로 태어났지만, 큰아버지인 기중에게 아들이 없어 양자로 들어가 결국 두 집의 재산을 모두 물려받은 셈이었다. 물론 인촌의 동생인 김연수도 형 못지 않은 재력가였다. 일제강점기에 조선 최대의 회사로 꼽힌 경성방직이 두 형제의 작품이다.

　　　　　　김성수는 자식을 많이 낳았는데, 무려 13남매를 두었다. 인촌의 동생인 김연수도 슬하에 13남매를 두었다. 형제가 합해서 26남매를 두었는데 김성수, 연수의 수(洙) 자 항렬 다음이 상(相) 자 돌림이었다. 즉, 이 상자 항렬이 남녀를 합해 도합 26명이라는 이야기다. 〈동아일보〉 사장을 지낸 김상만, 국무총리를 지낸 김상협, 대한상공회의소 회장을 지낸 김상하, 삼양사 회장 김상홍, 김상기, 김상흠 등이 모두 이 상(相) 자 항렬이다.

　　　　　　근래에는 미국산 수입 쇠고기 파동을 겪은 전 농림부 장관 정운천이 인촌 생가에서 태어났다. 정운천의 조부 정해로가 정계량의 양자로 들어가 정운천 전 정관이 인촌의 외가와 관련된 인물이다. 인촌 대에 고려대와 〈동아일보〉를 설립하면서 김씨 일가가 서울로 올라가자, 외가 쪽 후손인 정운천의 아버지에게 이 집의 관리를 부탁하게 되면서 정운천 전 장관이 이 집에서 태어났다고 한다. 언젠가 정운천 전 장관이 인촌이 태어난 아래채 골방에서 자신이 태어났으니 자신도 좋은 기를 받지 않았겠느냐며 필자에게 자랑한 바 있다. 전북 고창군 부안면의 인촌 생가는 1800년대 후반 호남

부잣집의 주택 구조를 그대로 보여 준다. 한옥이 으리으리하게 크고 높지는 않지만, 전체적으로 풍성함이 느껴진다. 9917제곱미터(약 3000평)가 넘는 집터가 호남 대지주의 여유를 보여주는데다, 줄포만의 바닷길이 보이는 집터라는 점에서 독특한 풍류와 전망을 자랑한다. 한마디로 한국 북향집의 전형이다.

오늘날까지 이어지는 가문의 영광

여수 봉소당

여순사건 때에도 큰 피해 없이 한자리를 지켜온 여수 봉소당(鳳巢堂). 살상과 충돌의 한복판에 있던 봉소당이 오늘날까지 큰살림을 유지하는 것은 성실한 소작인들에게 남몰래 덕을 쌓고, 지나는 과객에까지 자립의 발판을 만들어준 조상의 적선공덕(積善功德) 덕분이다. '봉황이 사는 집'이라 불리는 봉소당은 봉황과 같은 처신을 해서 오늘날까지 '가문의 영광'을 누리고 있다.

여수시 봉강동 언덕에 자리 잡은 봉소당. 영화 〈가문의 영광〉 촬영지이기도 했다. 이 집에서는 어디를 봐도 여수 앞바다가
펼쳐진다. 사진은 예부터 마을을 지나는 객들이 머문 행랑채로, 지붕 너머 거북선대교가 바라다보인다.

집 전체를 내려다보고 있는 안채 봉소당.

왜 '여수(麗水)'라고 부를까? 왜 고울 여(麗) 자에다가 물 수 (水) 자를 썼단 말인가? 철이 들어서야 그 이유를 알았다. 철이 들기 위해서는 시간이 필요하다. 만리타국을 떠돌아 다녀봐야 철이 든다. 항구의 뒷골목에서 서성거려보고, 이름난 명산에 올라가 안개와 노을을 감상하고, 히말라야의 만년설을 바라보고, 사막의 고요한 정적 속에서 빛나는 밤하늘의 별을 보기도 하고, 이름난 호텔에서 호사스러운 대접을 받아보기도 하고, 대도시의 박물관에서 종일 얼쩡거려보기도 하고, 중앙아시아의 끝없는 초원 지내에서 시펑선 너머를 응시해보기도 해야 한다. 그러다 보니 30대가 지나고, 40대도 지나고 50대가 되었다. '해놓은 것도 없이 나이만 먹었다'는 무상함이 한 번씩 올라올 때마다 '내가 헛산 것이 아니다'라고 스스로를 위안한다. 여수의 바다물빛은 이 과정을 거치고서야 비로소 눈에 들어왔다. 내 조국의 바다물빛이 이렇게 고요하고 아름답구나! 이렇게 아름다운 해안과 바다가 있었건만 왜 그동안 몰랐단 말인가? 여수는 일조량이 아주 많은 도시라고 한다. 햇볕이 많이 비추다 보니 바닷물이 더 깔끔하고 빛나는 것이다. 이 여수의 항구를 내려다볼 수 있는 위치에 바로 영광(靈光) 김씨(金氏) 종가인 봉소당이 자리 잡고 있다.

격변기에 발휘되는 명당의 영험함

봉소당(鳳巢堂)은 '봉황의 집'이라는 뜻이다. 동네 이름도 봉강동(鳳崗洞)이다. 모두 '봉(鳳)' 자가 들어간다. '강(崗)'은 봉우리라는 뜻으로 봉황같이 생긴 봉우리가 둘러싼 동네가 바로 여수 봉강동이다. 흥미롭게도 여수 봉강동에서 1백 리쯤 떨어진 광양 백운산 자락에도 '봉강면(鳳岡

여수 봉소당을 지키는 12대 종손 김재호 씨. 여수 한영재단의 이사장으로 지역 개발에 힘쓰고 있다.

面)'이라는 지명이 있다. 백운산에서 뻗어온 봉황의 지맥이 여수에까지 이어져 내려오다가 바다를 보고 멈춰선 동네가 봉강동이 아닌가 싶다. 봉황이라는 지명이 들어간 지역의 산세는 둥그런 바가지 또는 철모 모양의 산이 주변에 많다. 이 바가지 모양의 산봉우리를 봉황의 머리로 생각한 것이다. 봉소당은 그야말로 봉황의 둥지에 해당하는 집터다. 참새 집터가 아니다. 그만큼 고지대이면서 위풍당당한 격국(格局)인 것이다. 이런 명당자리에 살면 전쟁과 난리라고 하는 사회적 격변기를 통과할 때도 효험이 있는 것일까? 큰 바람이 불 때 뿌리 깊은 나무를 알아볼 수 있듯이, 난리가 나야 명당의 영험을 알 수 있지 않겠는가.

이 집의 종손인 김재호(70세) 씨에게 물었다. "해방되고 3년만인 1948년에 좌우익이 정면으로 충돌하는 '여순사건'이 일어난 곳이 바로 여수인데, 봉소당 사람들은 피해가 없었는지요?" "저희 집안은 다행히 인명 피해가 없었습니다. 당시에 저의 아버님(김성환, 1915~1975)은 34세였습니다. 1만2000석 이상 되는 저희 집은 여수에서 가장 큰 지주였죠. 폭동을 주도한 14연대 지휘부는 가장 부자인 저희 아버지를 제일 먼저 임시 사령부로 쓰던 당시 여천군청 2층으로 호출했습니다. 인민재판에서 사형을 시킬 의도였죠. 당시 "너는 착취 계급이므로 사형이다"라는 한마디면 바로 아래층으로 끌고 내려가 죽창으로 찔러 죽이던 살벌한 상황이었습니다.

아버지는 죽을 각오를 하고 여천군청 2층에 가니 반란군 최고 책임자가 책상을 놓고 앉아 있었다고 합니다. 제 아버님이 올라갔을 때 그 책임자는 좌우에 있던 호위병 두 명에게 "너희들은 아래층으로 내려가라"라고 명령한 다음, 아무 말도 하지 않고 신문만 쳐다보며 있었다고 합니다. 10

안채에서 사랑채로 나가는 문 너머로 지붕을 훌쩍 넘는 보호수가 있다. 여수는 태풍이나 눈 피해가 거의 없어 집 주변에 키 큰 나무가 많다.

분이 되어도 신문만 보고 있고, 20분이 되어도 계속 신문만 보고 있는 침묵이 이어졌습니다. 처음에 제 아버님은 '불러놓고 왜 아무 말도 없이 신문만 보고 있을까' 하고 의아해했는데, 30분이 흐를 무렵 그 이유를 깨달았다고 합니다. '도망가라'는 무언의 메시지였던 거지요. 2층 창문을 열고 물홈통을 타고 밖으로 탈출했습니다. 물론 그 반란군 책임자는 도망치는 모습을 보고도 아무 말도 하지 않았고요. 탈출을 방조했죠. 이렇게 해서 여수 최고 지주인 제 아버지는 생명을 건질 수 있었습니다.

나중에 알아보니 그 책임자는 우리 집안의 농사를 짓던 소작인의 아들이었습니다. 이 소작인은 자식이 많다 보니 먹는 입이 많아 소작료를 제대로 낼 수 없는 형편이었다고 합니다. 그 사정을 파악한 조부께서 소작료를 감면해주었지요. 그냥 감면해주면 다른 소작인들이 불공평하다고 항의하니까 방법을 썼어요. 여수의 외곽에 고진(古鎭)이라는 곳이 있습니다. 여기에도 수확량이 많았는데, 가을이 되면 수백 가마의 쌀을 봉소당 창고로 옮기는 것이 큰일이었습니다. 당시 제대로 된 도로가 없고 자동차도 없던 시절이므로, 수확한 쌀가마를 고진에서 배에다 선적하여 노를 젓고 여수항으로 들여와 다시 저희 집으로 옮기는 하역 과정을 거쳐야만 했습니다. 이 선적과 하역 작업을 그 자식 많은 소작인 집에다 시킨 것이죠. 그 운반과 하역 작업 대가로 소작료를 면제해주었습니다. 그 혜택으로 이 집에서는 다소 경제적 여유가 생긴 덕분에 자식을 신식 학교에 보낼 수 있었는데, 그 자식이 성장하여 반란군 책임자가 된 것입니다. 자기 집이 혜택을 받는 것을 보고 자란 그 책임자는 여순사건이 발생하자, 제 아버지를 자기 입으로는 죽이라고 명령을 내릴 수 없었던 것입니다."

봉소당에는 현재 김재호씨의 큰 아들이 머문다. 안채 뒤쪽으로 현대식 주방과 화장실 등을 신축했다.

노블레스 오블리주를 실천해 여순사건에도 피해 없어

12대 종손인 김재호 씨의 증조부인 김한영(金漢永) 대에 이르러 봉소당은 큰 부자가 되었다. 순천에서 사천군수를 지낸 '김사천'이 8만 석을 하던 큰 부자였다면, 여수에는 1만2000석을 하던 '김한영'이 있었다. 이재에 밝은 김한영은 구한말 장사를 해서 큰돈을 벌었다. 그는 집에 묵으러 오는 과객들을 잘 관찰해 자립시켜주는 능력이 있었다. 가난한 과객이 봉소당에 머물고 있으면, 그 사람의 특기가 무엇인지를 관찰했다. "너의 특기는 무엇이냐?" "덕석 짜는 것입니다." "그렇다면 너는 지금부터 집에서 밥 먹고 나면 덕석을 짜거라" 하고 시킨 다음에, 그 돈을 모아 나중에 목돈으로 만들어주었다. 이렇게 집에 찾아오는 과객의 특징을 파악해 스스로 자립할 수 있도록 밑바탕을 다져주는 일을 많이 한 것이다.

1948년 여순사건 당시에 현 종손인 김재호 씨는 우리 나이로 7세였다. 여순사건이 뭔지 아무것도 모를 나이다. 봉소당의 머슴 아들이 하나 있었는데 당시 17세였고, 난리가 나자 좌익에 가담하여 팔에 빨간 완장을 차고 봉소당에 나타났다. 난리가 나면 이 연령대가 무서운 법이다. 마당에 들어선 이 완장 찬 머슴 아들을 보고 철부지 일곱 살짜리 김재호는 마침 손에 들고 있던 찐 밤을 부지불식간에 머슴 아들에게 건넸다고 한다. "형, 이 밤 좀 먹어." 어린 재호로부터 밤 한 주먹을 받아 든 머슴 아들은 한참 동안 주인집 아들을 가만히 쳐다보고 있었다. 한 주먹 밤이 그의 목숨을 살린 것이다.

봉소당 집안은 일제강점기에도 '28평(坪)'으로 유명했다고 한다. 평(坪) 자 항렬 28명이 모두 대학을 나온 것이다. 일본의 와세다대, 구주

235

여순사건에도 피해 없이 큰살림을 유지했던 봉소당.

제대, 릿쿄대를 비롯해 일본 유학생도 많았고, 경성제대 출신도 많았다. 해방 후에는 이 '28평'이 이름만 대면 알 만한 한국 사회의 저명인사들이었다. 옛날 이북의 기독교 집안 후손들은 미국 유학을 많이 갔고, 아주 A급 집안들은 영국 유학을 갔고, 지주 집안 후손들은 일본 유학을 많이 갔다. 그중 호남 지주 집안 후손들은 일본 유학을 많이 갔다. 인촌 김성수나 현대 현정은의 조부이자 일제강점기 호남은행 창립자이던 무송(茂松) 현준호 같은 인물들이 호남의 일본 유학 흐름을 주도한 인물들이다. 이제는 이 '28평'의 인물들이 사라지고 현 종손인 김재호 씨를 거쳐 그 아들 대로 넘어가고 있는 중이다.

크게 베풀어야 크게 산다

봉소당은 일반 집터로서는 격국이 큰 자리다. 집 크기만 해도 1만5009제곱미터(5000평)가량 된다. 김재호 씨가 젊은 시절 사업 자금을 마련하느라, 마을에 큰길을 내주느라 사랑채와 행랑채를 위로 조금씩 올리고 정자를 마당 한쪽을 옮겼지만 대들보, 서까래 등을 들여다보면 규모가 얼마나 컸는지 짐작할 수 있다. 봉소당은 가장 위쪽에 있는데, 큰아들이 쓰고 있다. 여수에서 제철 사업을 하는 큰아들은 나흘은 서울에서, 사흘은 여수에서 지낸다. 봉소당 옆 담 너머로 두 개의 봉긋한 산봉우리가 보이는데, 김재호 씨는 엄마 젖가슴 같은 이 봉우리가 이 집의 재물을 12대째 유지해준다고 믿는다. 앞서 말한 '격국'이 크면 거기에 사는 사람도 비례해 국량이 커야 한다. 터는 큰데 사람이 작으면 유지하지 못한다.

사람이 크다는 것은 여러 가지 의미가 있지만, 한 가지만 꼽는다면 베푸는 능력이다. 돈을 쓸 데다가 쓸 줄 아는 것도 대단한 능력이다.

이게 받쳐주면 큰 터에 살아도 그 터를 누르고 집안을 유지한다. 만약 그렇지 못하면 사람이 오히려 터에 눌린다. 봉소당은 큰 터다. 그릇이 작으면 이 집을 유지하지 못한다.

몇 년 전 봉소당의 초대를 받고 여수에 간 적이 있다. 여수는 여러 가지 생선 요리가 발달한 지역이다. 특히 여수에 가면 서대기 요리를 먹어야 한다. 보통 서대기보다 서너 배 큰 서대를 '용서대'라고 부른다. 종손이 여수의 맛을 보여주겠다며 필자를 무작정 데리고 간 집이 여객 터미널 근처의 '봉정식당'이다. 식당에 가는 길에 생선을 파는 아주머니들이 좌판을 깔고 100미터쯤 죽 늘어서 있었는데, 봉소당 종손이 그 생선 장수 아주머니들 손을 일일이 잡으면서 안부들을 물어보는 게 아닌가. "큰아들은 취직했느냐, 남편은 수술 잘되었느냐, 셋째 딸 대학에 들어갔느냐" 등등이었다. 100미터 좌판 길을 통과하는 데 어림잡아 30분은 걸린 것 같다. 그날 용서대의 맛도 잊을 수 없지만, 옆에서 이 광경을 지켜보던 필자도 깊은 인상을 받았다. '난리를 겪어본 부잣집 후손의 처신은 저렇게 하는 것이구나! 오래된 부자의 경륜이 저런 거구나!'를 배웠다.

한국은 1860년대부터 민란(民亂)의 시대가 시작되었다. '진주민란'이 대표적이다. 먹고살기 어려운 민초들이 참다 참다 견디지 못하고 이판사판으로 들고일어나기 시작한 것이다. 이 민란의 대미가 바로 동학농민혁명이다. 이때 부자가 많이 죽었다. 평소 주변으로부터 인심을 얻지 못한 부자들은 이때 패가망신했다. 그다음에는 한국전쟁이었다. 한국전쟁도 표면상으로는 남북 전쟁이고 좌우의 충돌이었지만, 그 이면에는 평소에 쌓인 개인감정을 정리하는 부분도 상당히 있었다. 여수·순천 지역은 한국전쟁 이전

'여순사건'을 겪었다. 서로 간에 엄청난 인명이 살상당했다. 그 살상과 충돌의 한복판에 있었던 봉소당이 오늘날까지 집안을 유지하고 있다는 것은 대단한 일이다. 존재 그 자체가 카리스마다.

물과 돌 곁에서 유연하고 단단하게 살리라

전
주

강
암

고
택

아
석
재

전북 전주시 교동에 있는 아석재(我石齋)는 강암 송성용을 위해 친구들이 마련
해준 집이다. 별반 특별해 보이지 않는 소박한 한옥일 뿐이지만 자세히 들여다보
면 콘텐츠가 무궁무진하다. 현판은 추사 김정희 선생을 비롯한 당대의 대가가 휘
호한 것이고, 집 안 곳곳에는 평생 상투와 한복을 입고 고집스럽게 전통을 고수
하고 산 강암의 지조가 어려 있다.

강암 송성용을 위해 친구들이 돈을 모아 마련해준 아석재는 외모가 무척 검박하나 그 속에 품은 콘텐츠는 아주 풍부한 집이다.

집을 구하는 경로도 그 사람이 쌓은 업장(業障)에 따라 각기 다르다. 복이 적은 사람은 10년이 넘게 주택부금을 부어야만 집을 갖는다. 집 한 채 장만하기 위해서 먹고 싶은 것, 입고 싶은 것, 갖고 싶은 물건을 억제해야만 한다. 이리 살아도 되는 것인가! 그리고 나서야 아파트 한 채 갖는 것이 지금 한국의 현실이다. 부모가 남겨준 유산으로 집을 갖는 경우도 많다. 부모 잘 만나는 것도 큰 복이다. 팔자에 초년운이 좋은 사람은 부모를 잘 만난 경우다.

이와 달리 특이한 경로로 집을 장만하는 사람도 있다. 친구들이 돈을 걷어 도와줘서 집을 갖는 경우다. 역사적으로 그 예를 살펴보면 북송(北宋)의 도학자인 소강절(邵康節, 1011~1077)이 그랬다. 가난한 소강절은 그의 친구들 20여 명이 돈을 모아 낙양의 천진교(天津橋) 옆 언덕에 소옥(小屋)을 지어주었다. 그 집의 이름이 안락와(安樂窩)였다. '안락한 토굴'이라는 의미다. 이 친구들이 누구인고 하니 ≪자치통감(資治通鑑)≫을 지은 사마광(司馬光)과 그 일당이다. 왕안석(王安石)의 신법당과 대립하던 당대 북송의 구법당 소속 명류들이 소강절을 후원한 것이다. 사마광은 소강절을 형님처럼 따르고 좋아했다고 한다. 북송의 소강절만 그런 줄 알았더니만, 전주의 서예가이자 유학자인 강암(剛菴) 송성용(宋成鏞, 1913~1999)의 집도 친구들이 마련해주었다. 1965년 김제에 살고 있던 강암을 전주로 오게 하기 위해서 친구들이 나서서 강암의 서예 작품을 전시하게 했고, 그 서예 작품을 모두 구입해 그 대금으로 집을 구입한 것이다. 당시 집값은 63만 원이었다고 전해진다.

전주시 교동에 있는 강암의 고택인 아석재는 남향집인데, 집

집의 당호 '아석재'는 '물과 돌이 있는 데서 유연하게 살리라'라는 뜻을 담고 있는 주자의 시구절 '거연아천석(居然我泉石)'에서 유래한다.

앞에 전주천(全州川)이 흐르고 있다. 아석재 앞으로는 전주천을 가로지르는 남천교(南川橋)가 놓여 있다. 천진교 옆에 안락와가 있었다면, 남천교 옆에는 아석재가 있는 셈이다. 최근에 이 남천교 위에 기와로 지붕을 얹고, 목재로 기둥을 세워 청연루(晴煙樓)를 만들어 놓았는데, 그 모습이 천년 고도(千年古都)다운 격조가 있고 고풍이 완연하다. 완산팔경(完山八景) 가운데 하나가 '한벽청연(寒碧晴煙)'이다. '한벽'과 '청연'을 대구(對句)로 사용해서 다리 위쪽으로 한벽루가 있으니, 그 아래쪽에다 청연루를 지은 것이다. 강암 말년에는 그 백 터 일부에 강암서예관을 지었다. 우리나라에서 붓글씨인 서예만을 위한 갤러리를 만든 곳은 오직 이곳뿐이라고 한다.

호남 예향의 축을 이루는 집, 아석재

친구들이 모아준 돈으로 마련한 집이어서 그런지 현재의 아석재는 그리 웅장하거나 화려한 멋은 없다. 겉보기에는 특별한 것이 없어 보이는 그저 그런 한옥일 뿐이다. 그러나 외형만 보고 판단할 수는 없다. 들여다보면 '콘텐츠'가 매우 풍부한 집이다. 무엇이 콘텐츠란 말인가? 아석재는 호남 예향의 한 축을 이루는 집이라는 뜻이다. 호남을 가리켜 흔히 '예향'이라 부른다. 조선시대에 가장 물산이 풍부하고 의식이 넉넉한 지역이 바로 호남이었다. 그런데 예술은 식후사(食後事)인 걸 어떡하겠는가. 예술은 '밥 먹고 난 뒤의 일'인 것이다. 그런 연유로 호남에서 풍류와 예술이 발전할 수밖에 없었다. 호남 예향의 원조 격 되는 집이 해남의 윤씨 집안인 '녹우당(綠雨堂)'이다. 조선 중기 이래 녹우당은 실세(失勢)한 기호남인(畿湖南人)들이 모여 학문과 예술을 논하던 호남 최고의 살롱이었다. 이 집은 엄청난 부잣집이

안채에 비해 정원이 큰 것을 알 수 있는데, 일부는 길로 내어주고 일부는 강암서예관 터로 내주어 상대적으로 남아있는 정원이 크게 느껴지는 것이다.

었기에 몰려드는 식객을 수용할 수 있었다. 녹우당에 걸려 있는 편액이 바로 예업(藝業) 아닌가! '예술을 업으로 하겠다'는 당찬 선언이다. 녹우당의 예술 혼이 근래에까지 이어진 사례가 광주의 의재(毅齋) 허백련(許百鍊)이고, 목포의 남농(南農) 허건(許楗)이다. 둘 다 그림이다. 글씨는 전북의 전주로 넘어왔는데, 그게 바로 남천교 옆의 아석재요, 강암 송성용이라고 본다.

같은 예향이라고 해도 전남은 그림이요, 전북은 글씨인 것이다. 물론 전남에도 진도 출신의 걸출한 서예가인 소전(小篆) 손재형(孫在馨)이 있다. 소전은 일제강점기부터 이름을 날리던 서예가로 1970년대에 고 박정희 대통령의 서예 선생이기도 했다. 일본의 후지스카 교수가 일본으로 가져간 추사의 '세한도'를 해방 무렵에 일본에까지 찾아가 사정사정하여 다시 찾아온 인물이 바로 소전 손재형이다. 그러나 소전은 전남에서 거주하며 후학을 양성하지는 않았고, 일찌감치 서울을 주 무대로 활동했다. 반면 강암은 상투와 한복을 입고 고집스럽게 전통을 고수하면서 전주에 살았다. 강암의 그 고집스러움과 지조가 어려 있는 집이 바로 아석재이고, 이 아석재가 전북의 글씨(서예)를 대표하는 집이 된 것이다.

명장의 현판이 한자리에

이 집의 처마 밑에는 서예 대가들의 글씨가 나란히 걸려 있다. 우선 집의 편액인 아석재(我石齋)의 글씨는 소전 손재형의 휘호다. 역시 당대의 명필답다. 소전이 강암을 만나러 전주에 내려와서 써준 것이다. 이 글씨의 유래는 원래 주자(朱子)의 시에서 따온 것이라고 한다. 주자의 '거연아천석(居然我泉石)'이라는 시구에서 딴 것이다. '물과 돌 있는 데서 유연하게 살

왼쪽 : 대자리와 수석 등 소박한 가풍을 느낄 수 있는 소품들. 오른쪽 : 아석재의 유래가 된 현판 '거연아천석'.

리라'는 뜻이다. '居然我泉石'이라고 나무에 새긴 또 하나의 현판은 추사 김정희의 휘호다. 아석재 옆에는 남취헌(攬翠軒)이라는 또 하나의 편액이 걸려 있다. 이 글씨는 일중(一中) 김충현(金忠顯)이 쓴 글씨다. 일중도 역시 강암을 만나러 전주에 왔다가 이 집에 들러 붓을 들었던 것이다. 왼쪽에는 액자에 강암청거(剛菴淸居)라고 쓴 글씨가 보인다. 유당(惟堂) 정현복(鄭鉉福)의 글씨다. 진주의 '촉석루' 편액을 쓴 이가 바로 유당이다. 이처럼 아석재에서는 당대 명필의 글씨를 한눈에 볼 수 있다. 언젠가 지리산 천은사(泉隱寺)에 들렀을 때, 경내 법당 곳곳에 동국진체의 내가로 일컫는 원교(圓嶠) 이광사(李匡師) 그리고 추사체의 추사 김정희, 덜덜 떠는 듯한 글씨체인 창암(蒼岩) 이삼만(李三晚)의 글씨가 모두 걸려있는 장면을 목격한 적이 있다. 천은사에서 느낀 소감을 전주 아석재 현판과 편액들이 다시 보여주고 있었다. 마네, 마티스, 피카소, 샤갈의 진품이 모두 한자리에 모여 있는 느낌이라고나 할까.

　　　그렇다면 소전, 일중, 유당 같은 당대의 일급 대가들이 왜 전주까지 내려와 강암의 집에 들렀을까. 같은 업종이라 들른 것일까? 필자는 강암이 지닌 카리스마 때문이라고 생각한다. 그 카리스마는 유학과 선비의 전통을 고집스럽게 지킨, 강암이 보유한 무형의 재산이었다. 물론 강암의 글씨 탓도 있겠으나, 글씨 이전에 강암이 지닌 인간적 매력이 작용했다고 보인다. 우선 강암은 패션이 남달랐다. 죽을 때까지 상투와 갓을 착용하고 한복을 입었다. 강암은 모든 불편을 감수하고 이 유학자의 복장을 고수했다. 복장이 정신을 규제할 수도 있다. 상투와 갓을 쓰면 선비다운 행동을 하지 않을 수 없다는 것이 강암의 지론이었다.

立春大吉

第宅芝氣滿

기둥에는 총 8개의 현판이 걸려 있다.

글씨와 생활로 보여준 선비정신

　"나의 팔십 평생을 지켜준 것은 상투와 갓이었다"는 것이 강암의 술회다. 그러면서도 성품은 그리 까다롭지 않았던 모양이다. 강암의 4남인 송하진(58세) 전주 시장은 '지기추상 대인춘풍(持己秋霜 待人春風)'으로 자신이 받은 가정교육을 요약했다. '자기에게는 가을 서리처럼 대하고, 다른 사람에게는 봄바람처럼 부드러워야 한다'는 것이 강암의 처세관이었다. 강암은 아석재에 찾아오는 방문객에게 '대인춘풍'의 매너를 보여준 것이다. 전국에서 수많은 사람이 강암의 명성을 듣고 남천교 옆의 아석재를 방문했다. 글씨를 써달라는 요청이었다. 노령의 강암은 이를 거절하지 못하고, 모모한 방문객이 요구하는 글씨를 쓰느라 말년까지 고생했다고 한다. 그러면서도 외부의 이해타산이 걸린 문제에는 일절 관여하지 않았다. 이 점은 아주 칼날 같았다.

　　고향 산천 전통을 고수한 강암의 이러한 전통 고수는 선대의 가르침에서 유래했다. 강암의 부친이 바로 유재(裕齋) 송기면(宋基冕, 1882~1956)이다. 유재는 전북에서 소문난 유학자였다. 호남 3재의 한 명으로 구한말 기호학파의 종장이던 간재(艮齋) 전우(田愚)의 고제였다. 유재는 글씨도 잘 쓰고 문장도 좋았지만, 행실이 더 뛰어나다고 칭송받던 선비였다. 유재는 창씨개명을 하지 않고 끝까지 일제의 탄압에 맞섰으며, 상투와 갓을 지켰다. 이런 전통이 아들인 강암에게 유언으로 전달되었다. 강암의 부인은 '호남 3재' 가운데 다른 한 명인 고재(顧齋) 이병은(李炳殷)의 여식이었다. 이 고재가 바로 전주향교의 맥을 지켰다고 전해진다. 고재가 아니었으면 일제강점기와 해방 이후의 혼란기에 전주향교의 맥이 끊어졌을 것이라고 회자된다.

위 : 고택 옆에 있는 '강암서예관'은 강암 말기에 지은 서예 전문 갤러리다. 아래 : 강암서예관에서 바라본 교동 풍경. 아석재 앞에는 전주천이 흐르고 고덕산 자락이 집 앞산을 이룬다. 정면에 보이는 다리 위 정자의 현판 역시 강암 선생이 쓴 것이다.

'호남 3재'는 만주에 가서 독립운동을 하지는 않았지만, 고향에 남아 일제에 절대로 협력하지 않았다. 자기 자존심을 지키면서 제자 양성과 유교 전통을 지키는 데 평생을 헌신했다. 이것이 바로 간재의 사상이기도 하였다. 일부에서는 일제강점기에 부안의 계화도(繼華島)에 들어간 간재를 비판한다. 유학자이면서 총을 들고 독립운동을 하지 않았다고. 전라도는 동학운동 때 다 죽었다. 죽창과 낫을 들고 정의를 위해 분연히 일어섰지만 결과는 모두 떼죽음이었다. 간재는 이 동학운동의 처참한 죽음을 뼈저리게 보았을 것이다. 총 들고 나간다고 되는 일이 아니고, 남아서 제자를 양성하고 유학의 맥을 지키는 일이 진정 자신이 할 일이라고 판단한 것이다. 간재로부터 발원해 제자인 유재, 고재로 다시 내려왔으며, 이 정신이 아들인 강암에까지 이어지지 않았나 싶다. 다들 도시로 나가거나 일본으로 유학을 갔지만, 고향 산천에 남아서 전통을 지킨다. 누가 알아주든, 안 알아주든 지킨다.

필자가 볼 때는 이것이 아석재에 남아 있는 가풍이라 여겨진다. 강암의 자식은 다 잘되었다. 장남인 송하철은 관선 전주 시장을 지냈고, 2남인 송하경은 성균관대 교수로 유학대 학장을 지냈으며, 서예가로도 일가를 이루어 국전 심사위원도 했다. 3남인 송하춘은 고려대 국문과 교수로 문과대 학장을 지냈고, 4남인 송하진은 현재 민선 전주 시장을 하고 있다. 이들 형제의 공통점은 모두 글씨를 잘 쓴다는 점이다. 집안이 잘되려면 3대가 모두 힘을 써야 한다. 조부 때 기초를 닦고, 아버지 때 빛을 발하고, 손자 때에 그 빛을 계승해야 하는 것이다. 아석재의 강암 집안은 이 공식에 딱 들어맞는다.

평생 붓을 놓지않은 강암 송성용 선생. 전국에서 소문을 듣고 찾아온 이들을 위해 글씨를 써주셨다.

아석재 앞에는 전주천이 감아 돈다. 풍수지리상 물은 곧 돈인데, 감아 돌아야 돈이 모인다. 냇물 건너편에 자리한 안대(案對)도 좋다. 고덕산자락이 집 앞산을 이루고 있다. 그 산자락 가운데 오른쪽으로 내려온 봉우리는 생김새가 삼각형인 필봉(筆鋒)이다. 대서예가의 집에 어찌 필봉이 없겠는가? 생가필봉(生家筆鋒)이요, 거가필봉(居家筆鋒)이라! 호남 예향의 양대 맥이 전남은 그림이요, 전북은 글씨인데, 그 전북 글씨의 종장이 살던 집이 바로 전주 남천교 옆의 아석재인 것이다.

겉옷은 허름하지만 아름다운 속살을 간직하고 있는 집

구
례

운
조
루

나는 20대 중반부터 천하를 여행했다. 말 그대로 주유천하(周遊天下)였다. 주
유천하를 하다 보니 학자도 만나게 되고, 풍물도 구경하게 되고, 아름다운 경
관도 보고, 맛있는 음식도 먹어보고, 기인과 달사들을 만나 같이 뒹굴면서 영발
(靈發)의 세계를 알게 되었다. 이러한 만남과 구경의 과정이 나의 인생 대학이
었다. 구례에 있는 류씨들의 고택 운조루(雲鳥樓) 역시 그렇게 길바닥에서 만난
집이었다.

조선 영조 52년(1176)에 당시 삼수 부사를 지낸 류여주(柳㼮柱)가 세운 운조루는 남한 3대 길지의 하나로, '금가락지가 떨어진 터'라는 의미의 금환락지(金環落地)의 형세와 국면을 이루고 있다.

대문을 열고 들어가면 서향 누마루가 붙어있는 큰 사랑채와 아이들 공부방으로 사용했던 작은 사랑채가 보인다.

운조루(雲鳥樓)라는 고택이 왜 중요한가? 한국전쟁이라는 참혹한 전란에도 불타지 않고 살아남은 집이기 때문이다. 나는 우리역사에서 가장 참혹했던 전쟁으로 임진왜란과 한국전쟁을 꼽는다. 임진왜란은 7년 동안 전 국토를 유린했으며, 한국전쟁은 그 사망자가 수백만 명에 달하는 엄청난 전쟁이었다. 어떻게 보면 임진왜란보다 더 참혹한 전쟁이 한국전쟁이라고 해도 과언이 아니다. 우리의 역사에서 짧은 기간에 3백만 명 이상이 사망한 전쟁은 한국전쟁 밖에 없다. 게다가 이 한국전쟁의 특징은 외적과의 전쟁이 아니라, 같은 말을 사용하는 동족산의 선생이었고, 동족 중에서도 가진 자와 못가진 자의 전쟁이었다. 거시적으로 보면 조선왕조 5백 년 동안 양반에게 억눌려 살았던 상놈의 한이 폭발한 전쟁이다. 그러다보니 전쟁의 핵심 타깃은 '양반 부자'였다. 그 양반 부자는 이북보다 이남에 많이 살았다. 조선시대에 이북은 천대를 받았던 지역이었다. 이남에서는 충청도의 양반 집안들이 피해가 심했고, 전라도의 부자 집안들 또한 피해가 심했다. 경상도는 낙동강 이남이 보존되었기 때문에 상대적으로 한국전쟁의 피해가 적었다고 할 수 있다.

이남에서 한국전쟁을 전후로 가장 피해가 심했던 지역을 압축해 본다면 지리산 문화권이다. 지리산은 한국 빨치산의 메카이다. 해방 이전부터 자발적인 빨치산들이 숨어 있던 지역이었으므로 이 일대의 부자와 양반들은 목숨과 재산을 온전히 보존하기가 대단히 힘들었다. 전라도 구례에 있는 류씨 집안의 운조루는 이 지리산 문화권을 대변하는 양반 부잣집이었는데도 불구하고 한국전쟁 때에 피해가 없었다. 죽은 사람도 없고, 대저택이 불탄 것도 아니고, 특별히 좌익에게 고생을 당한 일도 없다. 이 점이 대단

쌀이 2가마 반이 들어가는 쌀뒤주로 마개에 누구나 열 수 있다는 의미의 '타인능해(他人能解)'라는 말이 적혀 있다. 원래 마
개는 도난당해 새롭게 만든 나무 마개를 대신 끼워 넣었다.

한 것이다. 다른 부잣집들은 집이 불타고 사람들이 총이나 대창에 찔려 죽었다. 사실 난리가 나면 이념이 중요한 것이 아니다. 평소에 쌓여 있던 개인감정이 화근이다. 난리가 나면 평소에 쌓여 있던 개인감정을 정리하는 기간이 된다. 나는 한국전쟁이 특히 그랬다고 본다.

'누구나 마음대로 열 수 있는 뒤주'와 해방된 노예가 지킨 집

운조루가 불타지 않고 살아남은 이유는 무엇인가. 우리는 이 원인을 수의 깊게 추적해 볼 필요가 있다. 그냥 넘어가면 안된나. 여기에서 유식(有識)과 무식(無識)이 갈린다. 무식하면 실수가 되풀이 된다. 우리가 역사를 공부하는 이유도 이 교훈을 배워서 실수를 반복하지 않기 위해서이다.

운조루가 살아남을 수 있었던 원인은 2가지이다. 하나는 '타인능해(他人能解)'라고 하는 팻말이 붙은 쌀뒤주 때문이고, 다른 하나는 노비들을 해방시켜 주었기 때문이다. 어떤 쌀뒤주인가? 99칸 집이라고 불렸던 운조루는 대저택이었다. 대문을 열고 들어오면 좌우로 행랑채가 연달아 있었는데, 총 18칸이었다. 18칸이면 약 30명 정도의 손님이 머물 수 있는 공간이다. 행랑채가 이렇게 큰 것은 드나드는 과객과 손님이 많았음을 상징한다. 대문을 열고 들어오면 큰 사랑채가 있고 큰 사랑채의 오른쪽에 중대문이 있다. 안채와 사랑채의 중간 지점에 해당한다. 여기에 헛간처럼 약간의 공간이 있는데 쌀뒤주는 바로 여기에 놓여 있었다. 쌀 2가마 반이 들어가는 뒤주였다. 뒤주의 형태는 둥그렇다. 커다란 원통형의 소나무를 통째로 잘라서, 가운데를 파내 만든 뒤주이다. 그리고 그 뒤주의 하단에는 가로 10센티미터 세로 20센티미터 정도의 조그만 구멍이 있고, 이 구멍을 열고 닫는 마개가

여인들의 공간인 안채 마당 풍경. 봄이면 탐스러운 목련이 핀다.

설치되어 있다. 쌀을 퍼낼 때는 이 마개를 열고, 평소에는 마개를 막아 놓는다. 이 마개에 써 있는 '타인능해'라는 글자는 '타인도 마음대로 열 수 있다'는 뜻이다. 아무나 와서 쌀을 가져갈 수 있다는 말이다. 그러니까 이 쌀뒤주는 집주인이 외부인이 와서 가져갈 수 있도록 공개한 뒤주였던 것이다. 주변에서 밥 먹고 살기 어려운 궁핍한 사람들이 쌀을 퍼갈 수 있도록 한 배려였다.

이 집의 재산은 약 3천 석에 달했던 것으로 짐작된다. 처음에 '타인능해' 쌀뒤주를 배치했을 때에는 가난한 사람들이 내서 몰려들었다. 이게 웬 떡이냐! 하고 마구 쌀을 퍼갔다고 한다. 심지어는 한 사람이 1말씩이나 퍼가는 일도 발생했다. 공짜니까 체면과 염치도 없이 가져간 셈이다. 그러다가 차츰 가져가는 양이 줄어들었다. 쌀뒤주가 비어 있으면 주인이 다시 채워 놓으니까, 언제라도 오면 쌀을 가져갈 수 있다는 판단이 들었기 때문이었다. 이때부터 동네 사람들이 쌀을 가져가는 양이 줄었다. 2~3끼 정도 밥을 해 먹을 수 있는 양만 가져갔다고 한다. 쌀뒤주의 마개를 열고 쌀을 가져갈 때 1~2되 정도의 양이면 적당하다. 구례 하동 일대를 여행하는 과객들도 이 집에 들러 며칠씩 신세를 졌고, 떠날 때는 여행식량용으로 이 쌀뒤주에서 몇 되씩 쌀을 가져가곤 했다. 집 주인이 보통 열흘에 한 번씩 쌀뒤주를 채워 놓았던 것으로 추론된다. 한 달이면 평균 7가마 반의 쌀을 주변의 어려운 사람, 또는 지나가는 과객들에게 제공했다는 계산이 나온다. 1년이면 어림잡아 100가마에 가까운 양이다. 이 집 어른은 월말이 되면 며느리에게 항상 쌀뒤주의 쌀이 남아 있는지 체크했다고 전해진다. 만약 쌀이 많이 남아 있으면 한탄을 했다. "우리 집안이 덕을 베풀어야 하는데, 쌀이 많이 남아 있다

왼쪽 : 집 안에서 밖으로 요강의 내용물을 버리기 위해 만든 나무 도구. 오른쪽 : 운조루 대문 위에는 호랑이 뼈와 소 코뚜레
가 걸려 있는데 호랑이 뼈는 집을 지은 건축가가 문경세재에서 만난 호랑이의 것이라고 하며 잡귀를 물리친다는 의미가 있
다고 한다.

는 것은 그만큼 덕을 베풀지 못했다는 것 아니냐? 그러니 쌀이 쌓여서 남아 있지 않도록 해라!". 자기 재산 귀한 줄은 누구나 안다. 그런데 이 재산을 푼다는 것은 보통 일이 아니다.

'타인능해'로 인하여 운조루의 명성은 지리산 일대에 퍼져 나갔다. 지리산 일대가 196킬로미터(약 500리)이다. 한국의 실크로드라고 할 만한 길이 바로 지리산을 둘러싸는 길이다. 영호남이 교류했던 길이기도 하다. 이 길을 따라 운조루의 덕망이 퍼지면서 사람들의 입에 오르내렸다. 마치 경주 최부잣집의 명성이 이북에까지 퍼졌듯이 시간이 흐르면서 운조루도 전국에 퍼져 나갔다. 이 명성이 한국전쟁이라는 참혹한 전쟁의 와중에서도 운조루 집안을 지켜주는 수호신의 역할을 했다. 아무리 빨치산이라도 지리산 최고의 덕망 높은 집을 어떻게 할 수는 없었다. 한국전쟁 이전에 발생한 여순반란 사건 때에도 반란군 주모자인 김지회가 군경의 추적을 피해 지리산으로 들어갈 때, 이 운조루 뒷길로 올라갔다고 하는데, 그 김지회 일당도 99칸 대저택인 운조루를 불태우지 않고 그냥 지나갔다. 운조루를 건들면 안 된다는 것이 지배적인 여론이었던 것이다. 김지회 일당은 주변의 다른 지주 집안사람들은 죽이고 올라갔다. 어느 시대나 법 위에 여론이 있는 것이다. 여론이야말로 최후의 법이다. 이 일대에서 운조루 집안의 쌀을 갖다 먹지 않은 집이 있는가! 그런 집을 부자 양반이라고 해서 어떻게 불태운단 말인가! 사람 사는 동네의 '인지상정'이란 이런 것이다.

운조루가 불타지 않았던 또 하나의 이유는 노비해방이다. 운조루 주변에는 25가구의 노비들이 살았다. 운조루 역대 주인들이 벼슬을 했기 때문에 벼슬과 함께 하사받은 노비들을 데리고 있었던 것이다. 한 가구

운조루 앞마당에는 특이하게 생긴 나무가 한 그루 있는데 집주인이 중국 사신에게서 받은 나무라고 한다. 운조루 곳곳에
는 다양한 종류의 나무와 꽃이 있어 사시사철 아기자기한 풍경을 연출한다.

에 5인이라고 계산하면 대략 100여 명이 넘는 사람이 운조루에 딸린 노비들이었다. 조선시대의 부자 양반들은 보통 10~20명, 많게는 1000명에 가까운 노비들을 소유한 집안도 있었다. 이 노비들은 가동(家童), 또는 동복(童僕)이라고 불렀다. 물론 이 정도 규모의 노비들은 한 곳에 모여 살지 않고 여러 곳에 흩어져 살았다. 따라서 이 노비들을 관리하는 일도 양반집안의 주요한 재산관리 업무에 속했다. 1910년 한일합방이 되면서 조선시대의 노비제도는 공식적으로는 끝났다. 그렇지만 현실적으로는 끝나지 않았다. 여전히 주인집에 복속되어 있는 경우가 많았다. 운조루에서는 1944년 무렵에 이 노비들을 해방시켜 주었다. 양민으로 살도록 방면한 것이다. 이는 주인의 대단한 결단이었다. 방면하지 않아도 되는데 주인의 결단으로 재산상의 손실을 감수했으니까 말이다. 일생동안 노예로 살다가 자유를 얻은 이 노비들이 운조루 집안에 대한 고마움을 깊이 간직했다. 한국전쟁이 발생하자 이 노비집안의 일부 젊은 사람들은 좌익에 가담했고, 지주 부자들을 징벌하는 데에 앞장 서기도 했다. 하지만 운조루에 대해서는 여전히 그 고마움을 잊지 않았다고 한다. 혹시라도 운조루에 대한 해를 입히려는 기미가 있으면, 이 방면된 노비집안 후손들이 적극적으로 운조루를 변호했다. "그 집은 절대로 손을 대면 안된다."

명당 중의 명당의 조건을 갖추다

타인능해와 노비 방면이 운조루를 보존시킨 깊은 철학이었다면, 운조루를 둘러싼 풍수지리는 운조루의 명성을 널리 알리는 또 하나의 보조역할을 담당했다. 명당의 조건을 배산임수(背山臨水)라고 한다. 왜냐하

큰 사랑채 옆에 붙어 있는 서향 누마루에서 위를 올려다본 모습. 꼼꼼하게 댄 부챗살 모양의 선자서까래가(扇子椽)가 인상
적이다.

면 동양의 도사들은 '산남강북(山南江北)'의 위치에 양기가 몰려 있다고 수천 년 동안 믿어왔기 때문이다. 산의 남쪽이면서 동시에 강의 북쪽에 해당되는 지점. 그것이 배산임수이다. 북쪽인 뒤쪽에 산이 있으면 겨울에 매서운 바람을 박아준다. 적이 공격할 때에도 높은 산이 있으면 막아준다. 앞에 강이 있으면 배가 다닐 수 있다. 물류(物流)가 해결된다. 물이 있으면 생태계가 풍요로워진다. 물이 없으면 건조하다. 물이 많아야만 살기 좋은 조건이 된다. 운조루는 이러한 조건에 딱 부합한다. 뒷산은 노고단이요, 앞의 강은 섬진강이다. 그리고 노고단과 섬진상 사이에는 넓은 들판이 사리 잡고 있다. 백두대간에서 내려온 맥이 마지막에 뭉친 곳이 지리산이고 노고단이다. 여기에서는 온갖 산나물이 다 나온다. 땔감도 나온다. 섬진강에서는 온갖 물고기가 잡힌다. 들판에서는 곡식이 풍요롭다. 부족한 것이 없다. 그래서 운조루가 명당으로 꼽혔던 것이다. 지금도 전국의 풍수 마니아들이 순례하는 곳 중에 하나가 운조루의 풍수이다.

내가 볼 때 운조루는 조안(朝案)이 특히 좋다. 조산(朝山)과 안산(案山)을 줄여서 조안(朝案)이라고 한다. 안산은 바로 집 앞에 있는 산을 가리키고, 조산은 안산보다 뒤에 있는 산이다. 조안에서 부귀가 나오기 때문에 나는 터를 잡을 때 조안을 먼저 보는 습관이 있다. 운조루의 안산은 오봉산(五峰山)으로 5개의 둥그런 봉우리가 포진해 있다. 후손들의 증언에 의하면 이 오봉산이 그렇게 좋은 봉우리라고 한다. 둥그런 봉우리들은 돈을 상징하기도 하는데, 풍수가에서는 터 앞에 둥그런 봉우리들이 보이면 재물이 쌓인다고 믿는다. 둥그런 봉우리는 나락을 쌓아놓은 노적봉에 비유된다. 삼성의 이병철 회장 생가가 있는 경남 의령군 정곡면의 주변 산세도 이처

운조루 행랑채 밖에 있는 연못. 앞쪽 앞산의 화기를 막기 위해 만든 인공연못으로 여름에는 연꽃과 배롱나무가 활짝 펴 아름답다.

럼 둥그런 봉우리들이 많은데, 이렇게 부자 터는 둥그런 봉우리가 많다. 오봉산 뒤에는 높은 산봉우리들이 포진해 있다. 조산에 해당하는 백운산 자락이다. 전체적으로는 불꽃같은 형상이다. 그 중간에 삼각형 모양의 봉우리도 보이는데, 이 삼각형 봉우리가 문필봉이다. 문필봉이 있어야 학자가 나오고 과거에 급제하는 인물이 나온다. 돈만 있다고 좋은 것이 아니라, 집안에 학자가 나와야 그 집안이 오래간다. 그러기 위해서는 문필봉이 있어야 한다. 문필봉은 과거급제를 최고의 가치로 쳤던 조선시대 양반 집안에서 가장 선호하던 산봉우리이다. 1776년에 이 집터를 처음 잡을 때에도 중요하게 고려했던 풍수 요건이 아마도 이 문필봉의 존재였을 것이다.

운조루 앞에는 직사각형 형태의 커다란 연못이 있다. 인공으로 판 것이다. 가로 40미터, 세로 10미터 크기이다. 과거에는 가로가 80미터 정도 되었다고 하는데, 지금은 반으로 줄어든 셈이다. 왜 이런 연못을 팠는가. 풍수적인 이유때문이다. 집 앞의 조산이 불꽃같은 형상이므로, 집에 불이 잘 날 수 있다고 여겼다. 앞산의 화기가 집으로 옮겨 붙을 가능성을 생각한 것이다. 이 화기를 막기 위해서는 집 앞에 물이 필요하다고 보았다. 그래서 연못을 가로로 길게 판 것이다. 현실적으로 이 연못은 집에 불이 났을 때에도 방화수의 역할을 할 수 있다. 한옥의 강점은 지진에 강하다는 것이고, 약점은 화재에 약하다는 것이다. 그래서 물이 필요하다. 중국 사찰에 가보면 대웅전 앞에 인공으로 조성한 큰 연못이 있는데, 그 용도가 바로 화재진압용이다. 집 앞의 연못은 앞산의 불 기운을 차단하는 역할도 하지만, 집 뒤에서 내려오는 지기(地氣)가 앞으로 흘러가지 못 하도록 차단하는 역할도 한다. 물이 있으면 지기는 멈춘다. 그러므로 집 앞에 파 놓은 운조루의 연지

택호인 운조루는 '구름 속에 새처럼 숨어 사는 집'이라는 의미로, 도연명의 귀거래사(歸去來辭)라는 칠언율시의 머리글자
만 따온 것으로 추정하고 있다.

(蓮池)는 그 용도가 다양하다.

　　　　운조루의 풍수에서 필자가 감탄하는 또 하나의 요소는 내당수(內堂水)와 외당수(外堂水)이다. 내당수는 바로 대문앞을 흐르는 물을 가리키고, 외당수는 멀리 집 밖을 흘러가는 물이다. 서울 경복궁을 중심으로 보면 청계천은 내당수이고, 한강은 외당수이다. 운조루의 외당수는 섬진강이다. 섬진강은 서출동류(西出東流)이다. 서쪽에서 출발해 동쪽으로 흘러가는 물이다. 운조루는 내당수가 기가 막히게 좋다. 바로 대문 앞에 물이 흐른다. 그 수량노 낳고 깨끗한 물이나. 시리산 골짜기에서 흘러나온 물이기 때문이다. 이 내당수는 동출서류(東出西流)이다. 외당수인 섬진강 물의 흐름과 반대이다. 반대이므로 좋다. 수(水) 기운이 양쪽에서 집을 에워싸는 것이다. 수기가 집을 에워싸야만 집에 사는 사람들의 정신이 가라앉고 건강에 좋다. 운조루 종손인 류홍수 씨에 의하면 1980년대 후반까지만 하더라도 이 내당수에서 참게도 잡고 붕어도 잡았다고 한다. 그만큼 물이 맑고 수량이 풍부하다. 저녁에 이 졸졸졸 흐르는 물소리를 듣는 즐거움도 무시할 수 없다. 물소리를 많이 들으면 머리가 시원해지고, 아울러 걱정이 사라진다. 1990년대 초반에 시멘트로 이 수로를 포장하면서 참게는 사라졌다. 그러나 물소리는 아직도 남아 있다. 집 앞에 이처럼 맑은 물이 흐르는 집이 어디에 있겠는가!

　　　　이 집이 지닌 풍류는 바로 전망이다. 운조루는 전망이 좋은 집이다. 전망을 즐길 수 있도록 집을 지을 때 약간 높게 지었다. 그래서 루(樓)를 집안에 3개나 만들었다. 할아버지가 머무르는 루, 아버지가 머무르는 루, 그리고 여자들이 즐길 수 있도록 안채에도 루를 만들었다. 특히 안

운조루의 안채에는 일반 한옥과는 다르게 여자들을 위한 루를 만들어 놓았다. 남쪽으로 향한 창을 열면 들판과 섬진강, 백운산을 볼 수 있다.

채의 루는 2층 다락방의 높이이다. 여기에서 보면 운조루 앞 수십만 평의 들판이 모두 보인다. 들판 너머로는 섬진강이 은빛을 발하면서 흘러가는 모습도 보인다. 섬진강 너머로는 장엄한 백운산이 우뚝 서 있다. 이 모든 풍경을 감상할 수 있도록 배려한 건축구조를 지녔다. 이름이 운조루인 것은 그만큼 전망이 좋은 집이라는 의미를 함축하고 있다.

운조루는 역사와 상황을 잘 모르는 사람이 볼 때 종손의 행색도 초라하고 건물도 퇴락한 고택에 불과하다. 외관상으로는 특별한 집이 아니다. 그러나 따시고 들어가면 운조루는 조신 부자 양반의 칠훽을 뼈지리게 실천하고 살았던 집이다. 그 때문에 처참했던 한국전쟁의 참화를 겪고도 오늘까지 건재하고 있는 것이다.

* 이글은 국민은행 웹사이트 내 'KB 레인보우 인문학' 코너에 소개된(2009년 9월) '조용헌의 주유천하' 코너에 실린 글을 다시 정리한 것입니다.

조용헌에게 듣는 좋은 집 이야기

《백가기행》은 강호동양학의 3대 과목으로 불리는 사주, 풍수, 한의학에 대한 해박한 지식을 바탕으로 흥미로운 이야기들을 풀어내는 청운(靑雲) 조용헌(趙龍憲)이 전국을 두루 돌아다니며 만난 좋은 집, 살고 싶은 집, 건강한 집에 관한 이야기를 담은 책입니다.

집은 이제 이 시대의 화두가 되었습니다.《백가기행》에는 집의 노예가 된 현대인들에게, '나도 좋은 집에 살고 싶다'는 소망을 품고 사는 사람들에게 던지는 동양학자의 결코 가볍지 않은 메시지가 담겨 있습니다. 장롱, 벽걸이 TV, 소파, 침대를 치우고 구원을 얻은 집부터 2만8000원으로 지은 한 칸 오두막집까지. 이 책에 소개된 집들은 독자들에게 '당신에게 집은 무엇인가?'라는 질문을 던지고 있습니다.

지금까지《백가기행》1권과 2권을 통해 수많은 좋은 집이 소개되었습니다. 책을 정리하며 저자에게 독자들이 궁금해할만한 질문들을 던져보았습니다. '위로와 휴식을 주는 진정한 집'의 의미를 되새길 수 있는 기회가 되길 바랍니다.

선생님은 좋은 집을 찾아내고 집을 답사할 때 가장 먼저 '풍수'를 보신다고 했습니다. 그렇다면 '풍수'란 무엇인가요?

풍수사상은 동아시아에서 5천 년의 역사를 가지고 있습니다. 동아시아 사람들은 기본적으로 땅을 신성시했어요. 하늘이 아버지라면 땅은 어머니라고 생각했지요. 사람들은 어머니 품안에서 젖을 먹으며 성장합니다. 땅이야말로 어머니처럼 인간에게 젖도 주고 먹을 것도 주고 품안에 품어주어 인간을 성장하게 해주지요. 그만큼 옛사람들에게 땅은 중요했습니다. 신령한 기운이 땅 속에 있다는 믿음, 요즘 식으로 말하면 지모(地母)신, 대지의 어머니 신, 지령(地靈)이 있다고 생각했기 때문에 사람들은 늘 신령한 땅을 찾기 위해 많은 노력을 기울였습니다. 신령한 땅에서 살면 첫째, 건강해지고 둘째, 하늘의 메시지인 계시, 즉 종교적 메시지를 받는다고 믿었기 때문이지요. 그런 신성한 땅이 어디 있는지 찾아내는 방법을 체계적으로 정리한 것이 풍수입니다.

왜 바람(風)과 물(水)인가요?

풍수는 압축하면 바람과 물의 철학이라 할 수 있습니다. 신령한 땅이란 바람과 물이 조화를 이룬 곳입니다. 인간이 생존하는데 가장 중요한 것을 꼽으라면 역시 물입니다. 사람들이 살아가기 위해서 반드시 물이 필요했기 때문에 사는 곳에서 물을 얻을 수 있어야 했지요. 풍수에서 말하는 '물'은 세 가지 중요한 의미가 있습니다. 좁은 의미로 보면 물은 살기 위해 매일 먹어야 하는 것, 즉 식수입니다. 하지만 넓게 보면 물은 '물류(物流)'

의 수단으로 매우 중요합니다. 옛날에는 살아가기 위한 물자를 실어 나르는데 뗏목이나 배를 이용했지요. 생각해보면 개성, 서울, 경주 모두 물자를 편하게 실어 나를 수 있는 강을 끼고 있습니다. 물을 얻는다는 것은 물류의 수단을 얻는다는 것이고, 재화가 집중된다는 의미입니다. 결국 물류의 중심지가 된다는 것은 교통도 편리할 뿐만 아니라 풍족하게 잘 살 수 있다는 것입니다. 물의 세 번째 의미는 생태적인 것입니다. 인간의 많은 질병은 건조해서 생기는 경우가 많습니다. 물이 가까이 있으면 건조해지지 않지요. 현대인들이 습도를 조절하기 위해 가습기를 사용하는 것도 이런 이유입니다. 결국 물이 쾌적한 생태적 환경을 유지하는데 기여를 하는 것입니다.

옛 사람들은 여름보다 겨울을 두려워했습니다. 추위가 생존에 위협이 되었기 때문입니다. 그래서 바람을 막아주는 산이 중요했지요. 바람을 막아주고 물을 얻을 수 있는 최적의 장소. 그곳이 바로 신령한 땅이었습니다. 그래서 풍수의 기본 사상이 바람을 가두고 물을 얻는다는 '장풍득수(藏風得水)'입니다. 장풍이 안 되는 곳은 태풍이 불거나 하면 큰 피해를 입고, 득수가 안 되는 곳은 홍수 때 난리가 나지요. 집터를 잡을 때 산을 등지고 물을 바라보는 지세(地勢)를 의미하는 배산임수(背山臨水)를 따지게 된 것도 바로 이 때문입니다. 배산임수 지형의 대표적인 곳이 바로 뒤에 지리산이 있고 앞에 섬진강이 흐르는 분지 하동 악양과 북한산을 뒤로 하고 한강이 앞을 감아 돌고 있는 서울입니다.

산과 강이 조화롭게 어우러져 있는 곳이 풍수가 말하는

'신령한 땅'이라고 하셨는데요,

풍수론에서 말하는 명당이란 어떤 곳인가요?

영지(靈地)를 명당(明堂)이라고 하는 이유가 있습니다. 밝다는 (明) 것은 거기서 건강해진다는 의미입니다. 마음이 밝아지는 곳이 명당인데, 일단 몸이 건강해져야 마음이 밝아질 수 있지요. '밝음'은 불행과 어두움의 반대말로 결국 명당은 행복을 부르는 터라고 할 수 있습니다. 밝아서 귀신이 가까이 올 수 없는 집에서 살면 행운과 복이 온다는 것이죠. 명당에는 종교적인 의미까지도 포함이 되어 있습니다. 명당은 한마디로 건강과 영성(靈性)입니다. 영성은 자유와 불멸을 뜻하는데, 결국 인생은 불멸과 자유를 얻기 위한 과정이라 할 수 있지요. 그래서 명당에 살면 일차적으로 건강해지는 것이고, 몸이 건강해지면 마음도 밝아지는 것입니다.

저는 지관도 아니고 풍수학을 전문으로 공부한 적도 없지만 동양철학을 바탕을 집을 기행하며 온몸으로 체험하고 터득했습니다. 동양 사상과 풍수는 샴쌍둥이와 같습니다. 동양 사상의 모든 것이 풍수에 녹아 있지요. 저도 30년 가까이 동양 사상을 연구하다보니 풍수를 모르면 동양 사상을 알 수 없다는 생각이 들었습니다. 풍수를 모르면 자연도 모르고 자연을 모르면 궁극적으로 평화에 도달하기도 어려워요. 그런 풍수학이 내린 결론이 바로 명당입니다.

집터나 집이 좋은지 명당인지 어떻게 알 수 있나요?

저는 집을 답사할 때 살펴보는 몇 가지 기준이 있습니다. 첫 번째가 풍수입니다. 집을 둘러싼 산세와 물이 어떻게 흘러가는가를 봅니다. 그리고 집의 역사는 어떤가, 역대 집주인의 인생은 어땠는지 등을 살펴봅니다. 새집이 아니고 누가 살던 집이라면 그 전 주인이 어떻게 살았는지를 살펴보면 명당 여부를 검증하기 쉽습니다. 건강한 터에서 사는 사람들은 잘 살게 되는 법이니까요. 그리고 그 집에서 꼭 하룻밤 잠을 자봅니다. 숙면이야말로 건강의 첩경이고 명당의 가장 중요한 요건이지요. 잠을 자고 일어나서 쾌적하고 개운하면 그 집은 명당이라고 할 수 있습니다. 예민한 사람들은 하룻밤만 자도 지기(地氣)를 느낄 수 있어요. 물론 보통 사람들도 충분히 느낄 수 있습니다.

물이 흐르는 방향, 산의 방향, 태양이 어느 쪽에서 뜨는지에 따라 다 달라지니까 쉽게 일반화할 수 없는 게 풍수입니다. 명확히 어떤 이론을 정립한 학문이라고 부르기 어렵지요. 2천 년 정도 축적된 노하우인 셈입니다. 그래서 그곳에서 자봐야 하는 것입니다. 자기가 몸으로 느껴봐야 해요. 자고 일어났는데 개운하면 일단 합격입니다. 3년 이상 그 터에서 잘살면 그건 괜찮은 거고요. 뭐가 안 좋으면 3년 이내에 일이 발생해요.

보통 수맥이 흐르는 곳이 나쁜 터라고들 하는데,

수맥은 무엇인가요?

한마디로 수맥은 땅속으로 물이라는 에너지가 흐르는 것입니다. 가령 플랫폼에 서 있을 때 전동차가 휙 지나가면 몸이 휘청거리듯이 물이 빠르게 흐르면 생체리듬이 깨집니다. 몸과 정신이 민감한 사람은 난방선의 보일러 물이 도는 것도 느낄 수 있지요. 그래서 온돌, 즉 구들장이 좋은 것입니다.

그럼 구체적으로 좋은 집터를 구하는 방법이 있다면

무엇일까요?

저는 보통 좋은 집터를 볼 때 '이판(理判)사판(事判)' 해야 한다고 말하곤 합니다. '이판'은 직관을, '사판'은 객관적인 데이터를 의미하는 것으로 집터를 볼 때 이 두 가지 측면을 모두 고려해 판단해야 하는 것이지요. 사실 집을 구할 때뿐만 아니라 인간의 모든 일이 보이는 것과 보이지 않는 것 모두를 판단해야 합니다. 객관적으로 좋은 집터의 조건에 관한 정보를 모을 때는 논리를 사용하고, 동시에 직관도 사용해야 합니다. 직관이 동원되는 순간의 대표적인 예가 바로 꿈입니다. 예를 들면 좋은 집터를 만날 때 맑은 물이 집으로 몰려 들어왔다거나 하는 예지몽을 꾸는 사람들이 있어요. 마음에 평온하고 몸이 건강하면 그런 것들이 꿈으로 잘 보이곤 하지요. 때로는 직관이 사실을 말해주기도 합니다.

누군가에게 좋은 터가 누군가에게 나쁜 터일 수 있나요?

일반적인 명당은 누구에게나 다 명당입니다. 하지만 누군가에게 좋은 터가 누군가에게는 안 맞는 경우가 있기는 합니다. 예를 들어 평창동 같은 곳은 '괴혈(怪穴)'이라고 하는데, 예술가들은 평창동이 맞지만, 관료나 사업가에게 평창동은 잘 안 맞습니다. 소위 말해 평창동은 기가 너무 센 곳이지요. '암', '악' 같은 단어가 붙은 지명이 그런 곳들입니다.

기가 세다는 것은 바위와 관련이 있습니다. 터의 기가 센 바위 근처에서 살면 본질만 찍어서 볼 수 있는 직관력이 발달합니다. 그래서 두뇌 활동, 머리를 많이 쓰는 사람들이 맞는 것이지요. 배터리를 충전하듯 고갈된 아이디어가 충전이 되는 것입니다. 예술 분야 등 창조적인 일을 하는 사람들은 바위가 있는 터가 좋습니다. 하지만 편안한 곳, 릴렉스 할 수 있는 곳을 찾는 사람들에게 그런 곳은 잘 안 맞지요. 제 아무리 좋은 터라도 에너지 불균형이 일어날 수 있습니다. 바위가 있는 곳들에서 살면 꿈이 달라집니다. 꿈이란 느낌이 시각화(visualize) 되는 것이지요. 이런 곳에서 살면 선몽(先夢)이나 특이한 꿈이 나타나곤 합니다.

너무 습한 지역에서 사는 건 일반적으로 좋지 않습니다. 하지만 머리를 많이 써서 쉽게 상기되는 사람들은 위쪽으로 열이 많이 올라오기 때문에 물 옆에 사는 것이 좋습니다. 미국 대학도서관 앞에 보통 분수가 있는데 풍수적으로 해석하면 공부를 하면서 '열 받은' 머리를 물로 식히라는 의미지요. 지자요수(知者樂水)라는 말도 있지 않습니까? 현대인들은 머리를 많이 쓰고 살기 때문에 물을 보고 살 수 있는 집이 비싼 것입니다.

그럼 풍수적으로 현대인들에게 좋은 곳은 어떤 곳일까요?

현대 문명은 불이 너무 많습니다. 전기가 모두 불 아닙니까? 게다가 요즘은 다 차를 몰고 다니지요. 자동차 엔진, 엘리베이터, 조명 모두 '불'입니다. 현대인의 질병은 모두 이 불이 과해서 생깁니다. 애들은 컴퓨터, 게임기를 계속 들여다보고 살지요. 계속 머리에 불을 지피며 사는 것과 같습니다. 그래서 물이 필요한 것이지요. 문명을 불이라 하고 자연을 물이라 했을 때 자연을 가까이 한다는 것은 물을 가까이 하는 것이라고 할 수 있습니다. 불이 많은 현대인들이 모두 시골로 내려가서 살 수는 없으니 물이 보이는 곳에 산다거나 집 안에 어항을 들여 놓는다거나 하면서 이를 보완하는 것입니다. 강물이나 호수가 보이는 곳에서 살면 참 좋지요. 단, 민물 호수랑 바다는 다릅니다. 바다는 염분기가 있어 단기간에 머리의 화기를 내리는 데는 효과적이지만 장기적으로 보면 좋지 않습니다. 염기가 사람을 거칠게 만들거든요.

**요즘 '좋은 집'에 대한 관심이 높아지면서 한국에서도
전통 사상인 풍수가 새롭게 조명되고 있는 것 같습니다.
그것은 무슨 이유일까요?**

한국과 풍수사상이 맞는 이유가 있습니다. 우리나라는 국토의 70%가 산입니다. 모두 천 미터 내외의 그리 높지 않은, 인간이 거주하기 적당한 규모의 산이지요. 사실 3천 미터 이상의 산이면 사람이 살기 어렵지 않습니까? 한국의 산은 동서남북 방향에 따라 산기슭의 기후가 다를 정도

로 굉장히 입체적인 다양성이 있습니다. 밋밋한 평지 위주의 땅에 비하면 풍수를 적용하기에 최적의 장소이지요.

　　　　풍수는 원래 땅의 기운, 지기(地氣)를 감지할 수 있는 능력을 소유한 샤먼들(도사)의 영역이었습니다. 풍수는 불교가 동아시아에 들어오면서 불교로 흡수되었는데, 불교 승려들이 사찰을 산 속에 많이 짓고 기도터를 구할 때 풍수사상을 많이 받아들였지요. 유교가 들어오면서 유학자들도 풍수를 받아들였습니다. 사실 유교는 죽음에 대한 걸 다루지 않습니다. 하지만 사람들은 모두 죽음에 대한 어떤 갈망이 있기 때문에 사람들의 기려운 곳을 풍수가 맡아주었습니다. 유교가 풍수에 아웃소싱을 했다고 할까요. 풍수 자체는 유교의 내용은 아니지만 조선시대의 비공식적인 종교였다고 할 수 있습니다. 요즘도 묘나 집터를 잘 쓰면 나도 잘되고 죽어서 자손도 잘 된다는 식의 믿음을 가지고 있는 사람들이 있는데 근원을 따져 올라가면 아주 오랜 시간을 거슬러 올라갈 수 있는 것이지요.

　　　　전통적 의미의 풍수는 '땅'에 집중하지만, 현대적인 의미의 풍수는 '집'에 초점을 맞출 수밖에 없습니다. 현대인들에게 집은 주거지 그 이상의 의미가 있는 공간이죠. 특히 현대에 와서 풍수는 현대인들이 가지고 있는 건강에 대한 욕망과 결합하고 있습니다. 그래서 풍수가 집터는 물론이고 인테리어 분야와 결합해서 사람들의 관심을 얻고 있는 것이지요.

전통적으로 좋은 집을 짓는다는 것은 70% 비중을
터에 두는 것이라 하셨는데, 현대인들은 자신이 원하는 터를
스스로 선택하기 어려운 환경에 살고 있습니다.
특히 도시인들이 많이 거주하고 있는 아파트의 경우 땅기운을
느낄 수 없는 곳인데 아파트는 명당과는 거리가 먼 것인가요?

아파트가 왜 문제인고 하니 밤에 숙면을 취하기 어렵고 자도
나도 몸이 찌뿌드드하지요. 저의 경우에도 원래는 학교 연구실 앞에 있는 아
파트에 살았는데, 그곳이 첫날 자보니 좋지 않더라구요. 결국 아파트 1층으
로 이사를 했습니다. 아파트는 보통 3층 정도까지는 지기를 느낄 수 있습니
다. 자신이 지기를 많이 가지고 있거나, 혈액 속에 철분을 많이 가지고 있는
젊은 때는 고층에 살아도 괜찮은데 중년 이후부터는 사실 고층에 사는 게
좋지 않지요. 그렇게 아파트에 살면서 장성에 휴휴산방을 얻었지요. 집을 이
야기하는 사람인데 아파트에서만 산다고 하면 명분이 서질 않잖아요. 글방
을 만들고 거기에 머물면서 몸도 많이 좋아졌습니다. 영성이 밝아졌구요.

그렇다면 아파트에 사는 사람들이 제한적인 상황 속에서 나름 해결책을 찾으려면 어떤 방법이 있을까요?

어쩔 수 없이 아파트나 이미 만들어진 도시형 주택에 사는 사람들은 풍수 이론에 완벽하게 부합하는 명당을 찾기가 쉽지 않으니 나름의 해결책을 찾아야 하는데 그것이 바로 '비보풍수(裨補風水)'입니다. 강한 곳 혹은 너무 약한 곳을 보완해주는, 인간이 보완할 수 있는 풍수영역을 말합니다. 아파트에서 청룡백호를 바꿀 수 없으니 수맥이 흐르면 동판을 깔거나 옥돌 매트를 깔기도 하고, 돌침대라 흙침대처럼 지기를 보완하는 배트 사는 등의 방법으로 보완을 하는 것이지요. 중국 귀족들이 건강을 위해 돌중에서 제일 좋은 돌이라는 옥을 몸에 부착하거나 집에 옥가공품을 들여놓거나 한 것도 다 돌에서 기운을 받기 위한 비보풍수의 예입니다. 집 정원에 연못을 판다든가, 장풍이 안되니 집 뒤에 대나무를 심는다든가 그런 것도 있습니다. 사실 옛날에 마을 입구에 심어 놓은 정자나무도 일종의 '비보'라고 할 수 있지요.

풍수 '수구막이'라는 것도 있는데 뭐든 일직선상에 있으면 서로 직선으로 부딪친다고 봅니다. 예전에는 대청 앞에다 나무를 심었습니다. 정면에서 딱 보이는 풍경을 가리기 위해 블라인드를 친 것이지요. 지금의 관점으로 보면 사생활 보호의 측면도 있지만, 풍수상 에너지 파장을 한 번 거른다는 의미도 됩니다. 충돌을 막아주는 것이지요. 수구막이 기가 너무 약하다 싶으면 포클레인으로 큰 돌을 갖다 놓을 수도 있습니다.

**땅이나 터를 선택할 수 없는 사람들이 자신의 집을
명당으로 만들기 위해 지키면 좋을만한 생활 풍수 실천
방안이 있다면 또 어떤 것이 있을까요?**

대표적인 것이 침실입니다. 요즘 인테리어는 조금 복잡합니다. 기본적으로 침실은 작고 아무것도 없는 게 좋은데 말이죠. 고승들 방을 보세요. 몸 하나 누일 정도로 아주 검박합니다. 세간도 거의 없구요. 특히 오래된 물건인 골동품은 혼이 담겨 있다고 하잖아요. 물건을 많이 두는 것은 결코 좋다고 할 수 없습니다. 침실은 방이 너무 크고 천장이 높으면 기가 퍼집니다. 내가 아는 도사들의 방은 광만합니다. 2, 3미터 되는 3.3제곱미터(한 평) 남짓한 방이지요. 이런 방에서 어떻게 사느냐고 물어보면 그래야 압력밥솥처럼 기가 쪄진다는 겁니다. 기공사들이 하는 이야기지요. 공간이 너무 크면 그걸 자기 기로 제압해야 하는데 그게 쉽지가 않습니다. 에고가 강한 사람은 혼이 강하다 그러는데, 그런 사람은 어두운 게 좋아요. 밝고 활달한 사람은 어두운 게 좋고, 차분하고 내성적인 사람은 밝은 게 좋지요. 또한 동양사상에서는 집에 날카로운 게 보이면 좋지 않아요. 근대 현대건축가들은 모서리를 너무 쉽게 쓰는 경향이 있습니다.

요즘 전원주택이나 도심 외곽에 자신이 원하는 스타일로 작은 주택을 짓고 살고 싶어 하는 사람들이 늘어나고 있습니다. 좀 더 '자연스러워'지고 싶은, 친환경적인 삶을 영위하고 싶은 사람들의 마음이 반영된 트렌드라고 생각합니다. 이런 현재의 트렌드를 보았을 때 풍수(風水)가 현대인들에게 주는 중요한 메시지는 무엇일까요?

사실 도시라는 것은 자연의 균형이 어그러진 곳입니다. 그런 균형을 잡으려는 노력이 어쩌면 현대의 인테리어 개념이라고 생각합니다. 인테리어는 자연의 '짝퉁'이지요. 자연이 오리지널이면 인테리어는 모조 자연입니다. 물가에 살 수 없으니, 집에 정원이나 어항 같은 것을 들여놓아 '짝퉁' 강을 만드는 것이지요. 예술도 자연의 '짝퉁'입니다. 인테리어는 좀 더 기능적이고 실질적인 측면에서의 '짝퉁'인 것이지요. 이런 식으로 '짝퉁'이라 할지라도 자연을 집안에 들여놓으려는 인테리어적인 노력은 한계가 있기는 해도 안 하는 것보다는 낫습니다. 자연은 최고의 치유제이지요.

그렇다면 건강한 인테리어의 핵심은 무엇입니까?

공간이 '건강하다'라는 의미는 릴렉스(이완)할 수 있다는 것입니다. 집에서 이완할 수 있게 돕는 장치가 바로 다실, 온돌방, 중정입니다. 그러나 온돌방과 중정은 만들려면 비용이 많이 들지요. 그래서 가장 쉽게 실천할 수 있는 것이 다실인 것입니다. 《백가기행》에서 계속 다실을 강조했는데, 현대적인 의미에서 '좋은 집'을 위한 인테리어의 핵심은 다실입니다.

왜 차를 마시는 공간이 중요한가요?

저는 땅과 터를 선택할 수 없는 사람들이라면 1인 1다실을 만들라고 권합니다. 왜 '차'인고 하니 차는 대표적인 슬로푸드입니다. 우리가 많이 마시는 커피는 유목민의 기호 식품이고 차는 농경민의 기호 식품입니다. 커피는 테이크아웃 할 수 있는데 차는 그렇게 안되지요. 차는 슬로푸드, 커피는 패스트푸드입니다. 차는 한 잔을 마시기 위해 준비하는데 시간이 많이 걸립니다. 여러 가지 절차가 필요하지요. 그래서 차를 마시는 것은 우리의 삶의 속도를 늦춰 릴렉스 하게 만드는 행위입니다.

그리고 다실은 사라져가고 있는 인간의 연대감을 공유할 수 있는 공간입니다. 우리의 삶은 대부분 경쟁공간에서 이루어지고 있는데, 인간에게는 경쟁에서 벗어나 연대할 수 있는 공간도 필요하지요. 경쟁이 돼지고기라면 새우젓이 필요하다고 할까요. 이런 역할을 하는 곳이 바로 다실입니다.

다실이라는 곳은 따뜻한 물을 먹을 수 있는 곳입니다. 현대는 냉장음식을 너무 많이 먹습니다. 상대적으로 따뜻한 음식, 따뜻한 물을 먹을 기회가 점점 사라지고 있습니다. 병은 차가운데서 옵니다. 그래서 몸을 따뜻하게 해주는 것은 건강에 도움이 됩니다.

차를 마시는 행위는 미학적으로도 좋습니다. 차호, 다완, 다기, 차 도구 등이 나름대로의 미학이 있지요. 게다가 그림은 눈으로만 보는 미학이지만, 차 도구는 스킨십까지 있습니다. 접촉할 수 있는 미학. 그것이 효과가 훨씬 강력합니다. 그림과 다완의 차이는 그것입니다. 촉감으로 느낄 수 있는 미학을 통해 인간이 정화될 수 있는 무문이 있습니다. 신선비 중에 '미'는 누구나 쉽게 부담스럽지 않게 느낍니다. 미로 들어가는 것이 가장 큰 문이고 보편적인 문이지요. 미를 느끼는 가장 쉽고 편한 방법이 보는 것이고 접촉하는 것입니다. 즉각적인 효과를 주는 것이지요. 이렇게 미감을 느끼며 선과 진으로 들어가는 것입니다. 다실에서 차를 마시는 것은 집에서 미를 통해 선과 진을 향해 가는 행위입니다. 집에서 일상에서 미감을 집중적으로 느껴볼 수 있고 구원을 얻을 수 있는 공간이 있다면 그게 바로 다실입니다. 제 책에서도 끊임없이 강조한 '가내구원(家內救援)'이 바로 이런 의미입니다.

물론 집 안에 다실을 만든다는 것이 쉬워보이지는 않을 겁니다. 하지만 일반 아파트에 살면서도 충분히 다실을 만들 수 있습니다. 소파, 장롱, 벽걸이 TV, 침대 이런 가구들을 치우면 됩니다. 생각만 조금 바꾸면 거실 자체를 다실로 만들 수 있습니다. 사실 115.7제곱미터(35평) 정도 되는 아파트에 산다면 충분히 큰 공간에 산다고 할 수 있습니다.

앞에서도 이야기했지만 다실은 여러 명이 함께 있을 수 있습니다. 좋은 차를 가지고 있으면 오지 말라고 해도 모이게 됩니다. 식사 초대처럼 차 초대를 하게 되고, 자연스럽게 사람들과 대화를 하면서 교류를 하게 되지요. 슬로 라이프의 핵심은 바로 네크워킹입니다. 부박한 삶을 발효시키는 공간이 다실입니다. 요즘 다실 문화가 조금씩 퍼지고 있습니다. 대세가 되고 문화를 선도하는 것은 시간문제라고 생각합니다.

《백가기행》을 집필하시면서 지금까지 수많은 집들을 답사하셨는데 그 중에 가장 기억이 남는 집이 있다면 어디입니까?

A 저는 개인적으로 임실 조어대에 살아보고 싶습니다. 호수가 있는 곳인데 호수를 보고 있으면 그 호수 속에 나 혼자만 있다는 느낌을 줍니다. 물은 계절별로 변화무쌍한 모습을 보여줍니다. 늦가을이 되면 물이 투명해지고 봄에는 푸르스름해지는 등 계절별로 물색이 달라지니까 그것을 보는 인간의 정서적인 느낌이 달라지지요. 큰 고기들이 피라미를 잡으려고 수면 위로 점프하는 것을 본 적이 있는데 물안개 낀 곳에서 그런 역동하는 모습을 보는 게 엄청난 즐거움을 주었습니다. 또한 밤에 달이 떴을 때 그 달이 물에 비치는 모습을 보았는데 〈월인천강지곡〉이 떠올랐습니다. 본체와 현상, 실체와 그림자, 실체와 그림자가 둘이 아니라는 화엄경의 이치를 깨닫게 해주었지요. 하늘에 달은 하나지만 강에 비친 달은 천 개의 호수마다 천 개의 달이 있는 것입니다. 조어대는 '하나가 모든 것이고, 모든 것은 하나이다'라는 일즉다 다즉일(一卽多 多卽一)의 화엄철학을 시시때때로 감상할 수 있는 곳입니다. 화엄철학을 시각화해서 보여주는 멋진 곳입니다.

선생님께서 생각하시는 궁극적으로

'좋은 집'의 기준은 무엇입니까?

A 우리가 이야기하는 명당의 '당'은 단순히 땅만 이야기하는 것이 아닙니다. 집 당(堂) 자 아닙니까? 궁극적으로 명당은 사는 이에게 좋은 '집'이어야 합니다. 집이란 쉴 수 있는 공간이어야 해요. 쉬려면 자연이 필요합니다. 따라서 집 안에 자연을 들여놓는 일부터 시작하세요. 또 집이 사람을 누르면 안 됩니다. 사람이 집을 만만하게 볼 수 있는 편한 집, 그게 바로 명당입니다.

조용헌의 백가기행 百家紀行 2

지은이　　조용헌

1판 1쇄　　펴낸날 2012년 7월 6일
1판 2쇄　　펴낸날 2012년 7월 20일

펴낸이　　이영혜
펴낸곳　　디자인하우스
　　　　　서울시 중구 장충동2가 162-1 태광빌딩
　　　　　우편번호 100-855 중앙우체국 사서함 2532
대표전화　(02) 2275-6151
영업부직통　(02) 2263-6900
팩시밀리　(02) 2275-7884, 7885
홈페이지　www.design.co.kr
등록　　　1977년 8월 19일, 제2-208호

편집장　　김은주
편집팀　　장다운, 전은정
디자인팀　김희정, 김지혜
마케팅팀　도경의
영업부　　김용균, 오혜란, 박예지
제작부　　이성훈, 민나영

진행　　　〈행복이가득한집〉 이지현, 배효정
사진　　　김동오, 박찬우, 양재준, 이우경, 임민철, 황두진건축사사무소
출력·인쇄　중앙문화인쇄

ISBN 978-89-7041-586-4　03810

값 18,000원